翻译研究论丛

《论语》译话

许渊冲 ◎著

图书在版编目(CIP)数据

《论语》译话 / 许渊冲著. —北京：北京大学出版社，2017.2
（翻译研究论丛）
ISBN 978-7-301-27782-9

Ⅰ.①论… Ⅱ.①许… Ⅲ.①儒家 ②《论语》—译文 Ⅳ.① B222.24

中国版本图书馆 CIP 数据核字 (2016) 第 275539 号

书　　名	《论语》译话 LUNYU YIHUA
著作责任者	许渊冲　著
责任编辑	李　娜
标准书号	ISBN 978-7-301-27782-9
出版发行	北京大学出版社
地　　址	北京市海淀区成府路 205 号　100871
网　　址	http://www.pup.cn　　新浪微博：@ 北京大学出版社
电子邮箱	编辑部 pupwaiwen@pup.cn　　总编室 zpup@pup.cn
电　　话	邮购部 62752015　发行部 62750672　编辑部 62759634
印　刷　者	大厂回族自治县彩虹印刷有限公司
经　销　者	新华书店
	650 毫米 ×980 毫米　16 开本　12 印张　280 千字 2017 年 2 月第 1 版　2024 年 5 月第 3 次印刷
定　　价	42.00 元

未经许可，不得以任何方式复制或抄袭本书之部分或全部内容。
版权所有，侵权必究
举报电话：010-62752024　电子邮箱：fd@pup.cn
图书如有印装质量问题，请与出版部联系，电话：010-62756370

目　录

- 第一章 ……………………………………………… 1
- 第二章 ……………………………………………… 21
- 第三章 ……………………………………………… 34
- 第四章 ……………………………………………… 39
- 第五章 ……………………………………………… 51
- 第六章 ……………………………………………… 59
- 第七章 ……………………………………………… 66
- 第八章 ……………………………………………… 80
- 第九章 ……………………………………………… 88
- 第十章 ……………………………………………… 97
- 第十一章 …………………………………………… 99
- 第十二章 …………………………………………… 112
- 第十三章 …………………………………………… 119
- 第十四章 …………………………………………… 125
- 第十五章 …………………………………………… 134
- 第十六章 …………………………………………… 151
- 第十七章 …………………………………………… 160
- 第十八章 …………………………………………… 176
- 第十九章 …………………………………………… 178
- 第二十章 …………………………………………… 182

第一章

（一）

中国有句古话："半部《论语》治天下。"为什么说半部《论语》而不说一部呢？大约是因为古人觉得《论语》内容太丰富，只要半部就可以治天下了。现在过了两千多年，这句古话还有没有现实意义？说来奇怪，20世纪后半叶，有些亚洲国家经济振兴，据说是受了中国儒家思想的影响，而《论语》是儒家的主要经典，这就说明《论语》中的有些言论，直到今天还有实用价值。至于那些不合时宜的古语，就让它遗留在历史的陈迹中吧，假如古语还有一半没过时，还可以古为今用，那又还可以说"半部《论语》治天下"了，不过不是"只要半部"，而是"只有半部"，哪半部呢？有一个识别的办法是把古语译成外文，用空间的距离来检验时间的距离，对外国有用的古语，大约对今天的中国也会有用。

我们先看《论语》第一章第一节第一句："学而时习之，不亦说乎？""学"就是取得知识，"习"就是付诸实践，"说"字和"悦"字通用，就是喜悦、愉快。整句的意思是：

获得了知识,并且经常应用,那不是很愉快的事吗?这句话说明了认识和实践的关系,说明了实践是得到知识的方法,愉快是得到知识的结果,也可以说是目的,一句话中包含了知识的认识论、方法论和目的论,真是内容丰富、言简意赅。这句话是不是放之四海而皆准呢?那我们就来看看外国人是如何翻译的。英国理雅各(Legge)和韦利(Waley)的译文分别是:

1. Is it not pleasant to learn with a constant perseverance and application? (Legge)

2. To learn and at due times to repeat what one has learnt is that not after all a pleasure? (Waley)

两位译者都把"学"译成 learn,《牛津辞典》对 learn 的解释是 gain knowledge or skill(得到知识或技术)。但《论语》中要学习的主要是知识,而不是技术。中国儒家重学术,轻技术,这是古代科学技术不发达的原因之一,所以《论语》中的"学"主要指知识而不指技术,译成英文用 learn 不如 gain or acquire knowledge(得到知识)更加恰当。其次,Legge 把"时习之"译成 with a constant perseverance and application(经常坚持不懈的努力应用)。"习"字理解为"应用"没错,"时"字解释为"经常"已经够了,再加"坚持不懈的努力"似乎过分强调。Waley 把"时习之"译成 repeat at due times(在恰当的时候复习),把"习"理解为简单机械的活动,力量似乎又显得不够,最后一个"说"(悦)字,Legge 用了一个形容词 pleasant 而 Waley 用了名词 pleasure,这两个词都和动词 please(喜欢、高兴)同根,平淡无奇,显不出精神上的乐趣。因此,全句可以考虑改译如下:

第一章

Is it not delightful to acquire knowledge and put it into practice from time to time?

这句话能不能用于治天下呢？中国古人常说："修身、齐家、治国、平天下。"这就是说，要治国平天下，先要修身齐家。这句话能不能用于修身齐家呢？根据我个人的经验，这句话对我的一生的成就关系很大，简单说来，我这一生就是不断取得知识，不断实践，不断得到乐趣的一生，我的成就，主要是出版了120部中文、英文、法文的文学著译，这在全中国五千年的文明史上，似乎还没有第二个，而取得这些成就的方法，就是"学而时习之"。我学翻译，先学严复的"信达雅"，再学鲁迅的"信顺"，又学郭沫若的"越雅越好"，究竟孰是孰非？到底要不要雅？这就要看实践了。实践鲁迅理论的翻译家有董秋斯，他的代表作是 Dickens 的 *David Copperfield*（狄更斯《大卫·科波菲尔》），原著第一章谈到大卫出生时说：

It was remarked that the clock began to strike and I began to cry, simultaneously.

董秋斯的译文是：

据说钟开始敲，我开始哭，两者同时。

接近严复理论的翻译家有张谷若，他对大卫出生的译文是：

据说那一会儿，铛铛的钟声和呱呱的啼声，恰好同时并作。

比较一下两种译文，董译虽然字字接近原文，但原文抑扬顿挫、从容不迫，听来悦耳。译文却短促生硬，恨不得赶快敷衍了事似的；张译相反，加了"铛铛"和"呱呱"两对形声词，使人如闻其声，如见

《论语》译话

大卫出生,音美取代了原文重复的形美,又增加了意美,比董译更悦耳,又悦目,可以说是胜过了董译,但是最后六字,虽比董译稍好,却像算账似的没有文学意味,应该算是败笔。这是学习的结果,能不能取长补短,吸收张译的好处,弥补他的缺陷呢?那就要看实践了,我实践的结果是下面的译文:

> 据说钟声铛铛一响,不早不晚,我就呱呱坠地了。

新译用双否定的方法,把"两者同时"改成"不早不晚",符合白话文学的口气,觉得是把"两者同时"和"恰好同时"并作优化了,从理论上看来,"信达雅"和"信顺"似乎都不如"信达优",译后有点自得其乐,这就是"学而时习之,不亦说乎?"

"信达优"的原则,不但可以应用于英译中,也可以应用于中译英。如毛泽东词《念奴娇·昆仑》中说:"而今我谓昆仑:不要这高,不要这多雪。安得倚天抽宝剑,把汝裁为三截?一截遗欧,一截赠美,一截还东国。太平世界,环球同此凉热。"中间三行有美国诗人 Paul Engle 夫妇和 Barnstone 的两种译文:

1. Give one piece to Europe,
   send one piece to America,
   return one piece to Asia.

   (Engle)

2. I would send one to Europe,
   one to America,
   and keep one part here in China.

   (Barnstone)

第一种译文把"一截"译成 piece,第二种译成 part,都可算是符合

第一章

"信顺"的翻译,但能不能算"雅"呢?piece 太小,part 太俗,都看不出昆仑山崇高巍峨的形象,听不到"昆仑"叠韵的音美,我看可以优化如下:

> I'd give to Europe your crest
> And to America your breast
> And leave in the Orient the rest.

翻译把三个"一截"优化为 crest(顶部、山峰),breast(胸部、山腰),the rest(余部、山脚),不但可以使人看到高大的昆仑山,还可以使人听到三个 -est 的声音,联想到高耸入云的 Everest(欧美人称呼珠穆朗玛峰的别名),这就可以算是达到了优雅的境界。如果能够得到登昆仑而小天下的乐趣,那又是"学而时习之,不亦说乎?"了,一个人得到的乐趣可以提高个人的修养情操,如果人人都能得到提高,那不就是从修身到治国平天下了吗?

(二)

《论语》第一章第一节第二句是:"有朋自远方来,不亦乐乎?"如果说第一句是谈治学之道、修身之法,谈一个人如何对待自己的问题,那第二句就是谈交友之道、处世之法,谈一个人如何对待朋友,对待他人的问题了,不管是对待别人还是对待自己,目的都是愉快欢乐,求得自己和别人的幸福,由此可见孔子的求知人生观或人生哲学,注重的是"乐感",这和西方求知的"罪感"大不相同。根据西方《圣经》的说法,人类的祖先原来生活在天堂乐园中,因为违反了上帝的禁令,偷吃了乐园中的智慧之果,犯下了"原罪",被上帝逐出了乐园,来到了人世,因为他们敢于违抗上帝的意志,敢于

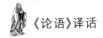《论语》译话

与天斗争,征服自然,结果科学发达,首先创造了今天的科学文明。中国人对天的态度有所不同,如孔子所说的"五十而知天命",认为天命是只能知道,而不能违抗的,所以一般人听天由命,顺应自然,于是在20世纪上半叶沦落为半殖民地国家,到了今天,西方的"罪感"发展到了金融犯罪的地步,引起了全球的金融危机,而中国在学习了西方的先进科学后,使顺应自然的思想向"天人合一",建立和谐社会、和谐世界的方向发展,结果反而领先于西方了,而这也是"有朋自远方来"的结果之一吧。这句话如何译成英文?我们来看看理雅各和韦利的译文。

> 1. Is it not pleasant to have friends coming from distant quarters?（Legge）
>
> 2. That friends should come to one from afar, is this not after all delightful?（Waley）

关于"乐"字,理雅各像译"说(悦)"字一样用了 pleasant,韦利却用了一个不同的 delightful,这两个词有什么区别呢?一般说来,前者指外表的欢乐,后者指内心的愉快,"学而时习之"是内心的愉快,不一定会表现出来,所以理雅各"说(悦)"字译得不妥,"乐"字倒译了,但是总的看来,他选词显得不够精确,韦利却是译颠倒了:"不亦说乎"表示理性的愉快,他用了表示感性的 pleasure;"不亦乐乎"表示感性愉快,他却用了表示理性的 delightful。至于"有朋自远方来",理雅各把"有"字译成 have,把"远"译成 distant,把"方"译成 quarters,从对等的观点看来,似乎无可非议,但不如韦利的译文 afar 更加自然,更口语化。韦利还在两句中都加了 after all 一词,表示不在其位。这似乎没有必要,我看可以参考两人译文,把这一句重译如下:

第一章

Is it not a pleasure to meet friends coming from afar?

这句话是不是可以用于修身齐家,治国平天下呢?回顾中国历史、世界历史,可以说文化交流对人类的发展起了非常重要的作用,文化交流不就是"有朋自远方来"的结果吗?至于个人,杨振宁和我是大学时代的同学,我们多年不见,他远涉重洋,到北京大学来讲"美与物理学",我说他的讲话沟通了科学和技术,把真和美结合起来了,他用中国古诗("文章千古事,得失寸心知。")和西方名诗("一粒沙中见世界")来描述科学家,不但沟通了中西文化,而且把古代和现代结合起来了。这就是说,他是把古今中外科学的真和艺术的美合而为一,为建立 21 世纪的世界文化奠定下了一块基石。关于中西文化,他还说过:"中国的文化是向模糊、朦胧及总体的方向走,而西方的文化则是向准确而具体的方向走。"关于中西文字,他又说:"中国的文字不够准确这一点,假如在写法律是一个缺点的话,写诗却是一个优点。"他还问我翻译了晏几道那首"从别后,忆相逢"的词没有,我说译了,送他的那本书里就有,他翻开书来一看,看到"舞低杨柳楼心月,歌尽桃花扇影风"就说不对,他记得是"桃花扇底风"。我说有两个版本,哪个版本好呢?两本的第一句都一样,说歌舞通宵达旦,本来高照楼中心的月亮,已经落到杨柳梢头上,仿佛还舍不得离开,要停留在柳梢头上多看一会儿似的,那第二句就有两种可能:一种说,唱歌累得扇子都扇不动,连桃花扇底下都没有风了。这种解释显得准确,但桃花扇只能说是画在扇子上的桃花,不是实物,而第一句"杨柳楼"却不是楼名,而是环绕楼心的树林,这样一来,"桃花"和"杨柳"就不是对称的实物了,如果说"扇影"呢,那却可以把桃花理解为实物,月光把桃花的影子留在扇子上,留在风中,而歌舞通宵达旦,杨柳梢头的月亮已

经落下,桃花在扇子上,在风中的影子,都看不见了,可见夜已深了,天快亮了。两种说法,哪一种更模糊,更适宜于写诗,更能表达"从别后,忆相逢"的乐趣呢?后来杨振宁为我的《逝水年华》英文本写序的时候说:"久别重逢真是一件乐事。"这就说明了"有朋自远方来,不亦乐乎?"

(三)

第一章第一节第三句是:"人不知而不愠,不亦君子乎?"如果说前两句是从正面来讲如何得到乐趣,那么这一句就是从反面来讲如何避免感觉不愉快了。得到知识可以感觉愉快,朋友交流也可以增加生活的乐趣,因为西方哲学家说过"乐趣有人共享可以增加一倍"。从反面来说,如果没有人共享是不是会损失一半呢?自己有了成就,却没有人共享其乐,甚至没有人知道,会不会感到不愉快呢?这就是"人不知"能不能"而不愠"?用今天的话来说,这是个知名度的问题。从不好的方面来讲,却是名利思想,是虚荣心的表现,所以孔子认为知识分子不应该计较名利得失,爱好虚荣,从好的方向想,孔子又说过:"必也正名乎?"可见他是主张名正言顺、名副其实的,只是反对名不副实、名高于实的虚荣而已,那么一个名副其实的知识分子,如果不为人知,得不到别人承认,应该怎么办呢?孔子认为应该满不在乎,所以说:"人不知而不愠,不亦君子乎?"这种思想直到今天在中国还有市场,反对名利思想变成了反对名副其实的知识子,结果造就了一大批名高于实的教授学者、博士生导师,有实无名或实高于名的知识分子应该满不在乎吗?这就是个值得研究的问题了。

第一章

在西方呢？是不是也主张"人不知而不愠"？从法国大作家巴尔扎克追求名利，最后功成名就看来，从美国竞选总统，力求为人所知看来，西方是提倡实事求是的科学精神，而不主张谦虚谦让的，恰恰是这种科学精神造成了今天的西方文明，我们来看他们是如何翻译"人不知"这句的。

1. Is he not a man of complete virtue, who feels no discomposure though men may take no note of him? (Legge)

2. To remain unsoured even though one's merits are unrecognized by others, is that not after all what is expected of a gentleman? (Waley)

首先，理雅各把"人不知"译成 take no note of（没人注意）可以说是传达了原文的内容，而且比原文更具体，韦利的译文是 one's merits are unrecognized（一个人的价值没有得到承认），比理雅各的理解更深入，表达也更具体，由此可以看出西方译者的科学精神在不断发展，正好说明了"学而时习之"的道理。"而不愠"呢？理雅各译成 feels no discomposure（面不改色），译得真好，不但达意，而且传神，画出了一个中国知识分子的面貌。韦利的译文 to remain unsoured（并无酸意、心情并不变坏）写出了知识分子的外貌和内心，但是不如理雅各的译文容易理解，两人各有千秋。至于"君子"，理雅各和韦利分别译成 a man of complete virtue（一个道德完美的人）和 a gentleman（绅士、上流人士），理雅各对"君子"的要求未免太高，韦利的译文又会抹杀东方的士大夫和西方绅士的区别，所以这个词非常难译，往往顾此失彼，钱锺书先生创造了一个新词 intelligentleman，把 intelligent（智慧）和 gentleman 巧妙地结合起来了，我想用来翻译"君子"也许可以填补这个缺陷，现将全

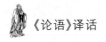《论语》译话

句翻译如下:

> Is he not an intelligentleman, who is careless alike of being known or unknown?

前面杨振宁说"中国的文化是向模糊、朦胧及总体的方向走,而西方的文化则是向准确而具体的方向走","君子不愠"是比较模糊的说法,而"道德的完美"和"面不改色"就比较具体了,新译把"人不知"说成"不管别人知道不知道",把"不愠"说成"满不在乎",把"君子"说成"知识界人士",是不是恢复了原文本来的模糊面目呢?中国人的译文和英美人的译文不同,也说明了中国的文化思想和西方的精神的差异,中国提倡"人不知而不愠",用韦利的话说,就是自己的价值没有得到承认,应该满不在乎,而不应该努力争取。20世纪下半尤其反对争取承认,说那是争名夺利,于是有价值的人得不到承认,结果得到承认的则是没有价值的人。例如1995年上海《文汇读书周报》举办了一次法国文学名著《红与黑》译文的讨论会,会上批判了有价值的意译(如"这种粗活看来非常艰苦,头一回从瑞士翻山越岭到法国来的游客,见了不免大惊小怪。"),赞扬了翻译腔严重的直译。(如"这种劳动看上去如此艰苦,却是头一次深入到把法国和瑞士分开的这一带山区里来的旅行者最感到惊奇的劳动之一。")意译者提出反对意见,《周报》却不刊登,译者不太在乎,于是图书市场上劣译驱逐良译,对读者造成了巨大损失,所以如果真有价值,就应该按照西方的科学精神,据理力争,而不能用《论语》的话,因此说,《论语》就只有半部能治天下了。

第一章

（四）

《论语》第一章第四节："曾子曰：'吾日三省吾身：为人谋而不忠乎？与朋友交而不信乎？传不习乎？'"这是孔子的弟子每天检查自己的三个问题：第一个问题对上级，为上级出谋划策有没有忠诚老实，尽心尽力，做到尽善尽美？自然这个问题并不限于上级，对同级也是一样，要把心放在正中。没有偏心私念，做到利人利己；第二个问题对同级、对同辈的朋友，如果说对上级重在一个"忠"字，那对同级就重在一个"信"字，对朋友要重信义，说话做事要信得过，不能只说不做，也不能言过其实，而要实事求是；第三个问题对下级、对晚辈的学生，传授的知识不能够只是空谈，而要身体力行，不能说一套做一套，理论只要求别人去实践，自己却做不到。这三个问题是曾子每天反省的修身问题，我们现在看看理雅各和韦利是如何翻译这三句话的。

1. The philosopher Zeng said："I daily examine myself on three points：—whether, in transacting business for others, I may have been not faithful；—whether, in intercourse with friends, I may have been not sincere；—whether I may have not mastered and practised the instructions of my teacher."(Legge)

2. Master Zeng said, everyday I examine myself on these three points in acting on behalf of others, have I always been loyal to their interests? In intercourse with my friends, have I always been true to my word? Have I failed to repeat the

precepts that have been handed down to me? (Waley)

"三省吾身"两位译者都说是在三点上检查自己,第一点"为人谋",理雅各说是"为别人办事",韦利说是"代办",前者一般化,后者特殊化,一般比特殊好。"忠"字理雅各的宗教意味重,不够明确;韦利政治气息浓,后面加了"利益"一词,就增加了经济意义。第二点"与朋友交"两人一样,"信"字理雅各说是"诚恳",不如韦利说的"忠于所言"。但两种译文和原文有没有距离呢?似乎还可以研究。第三点两人都把"传"理解为孔子的教导,也有人说"传"不是名词,而是动词,是"传授"的意思,全句是说:传授给学生的知识,自己能不能应用,能不能付诸实践?那重点就在实行了。全句可以考虑翻译如下:

I ask myself, said Master Zeng, three questions everyday: In dealing with others, have I not thought of their interests? In making friends, have my deeds not agreed with my words? In teaching students, have I not put into practice what I teach them?

比较一下三种译文,可以说第一种更接近原文的文字(或表层结构),更模糊;第二种使人更容易理解原文的内容(或深层结构),更具体;而第三种则比第二种更深入、更精确,例如"忠"字,韦利理解为忠于对方的利益,虽然比理雅各的译文更明确,但什么是忠于对方的利益呢?这并不好理解,不如第三种译文说的"为对方的利益着想",更现代化,符合现代人的思维;但"为人谋"说成"和人打交道",似乎有所不足。再如"信"字,理雅各说是"诚恳",但"诚恳"只是说真话,说真话并不等于做得到,所以言行之间可能还有差距;

韦利说是忠实于自己所说的话,那就有一点说了要做的意思;第三种译文更明白说出:言行要一致,比前两种译文更传达了原文的深层内容。至于"传"字,前两种译文都说是先师所传授的知识,那就太具体了,几乎等于说是一部《论语》治天下,到了半部《论语》受批判的今天,就不能古为今用了,所以笼统比具体好,笼统和具体并不是判断译文好坏的标准。那应该如何来判断呢?我看那又可以用"学而时习之,不亦说乎"来检查,"学"就是取得知识,所以先问译文是不是使你得到了正确的知识?"习"是付诸实践,可以问取得的知识能付诸实践吗?"说"是愉悦、快乐,于是再问:把取得的知识付诸实践,是不是能自得其乐,更进一步,能不能使人共享乐趣?共享的人越多,说明译文的水平越高,这就是曾子的三句话应用于评论翻译的三部曲。

　　曾子的"三省吾身"能不能应用于译者呢?第一,"忠"字可以应用于原作者,这就是说,译者应该忠于原作,但原作并不限于原文的表层形式,还应该包括原作的深层内容,不只是忠于原作的文字,更要忠于原文所表达的思想,如上面说的"信"字,可以译成"言行一致",就是一个例子。如果具体到把中国古典诗词译成英文,那就不但是要达意,而且还要传情,尤其是中国古诗,一切景语都是情语,达意而不传情,只能算是译了一半,传情甚至比达意还更重要,例如《诗经·采薇》中的名句:"昔我往矣,杨柳依依,今我来思,雨雪霏霏。""依依"不但是写杨柳飘扬之景,更是写依依不舍的征人之情;"霏霏"不但是写雪花飞舞之景,更是写征人饥寒交迫之情,因此英文可以译成:

　　　　When I left here　　Willows shed tear
　　　　I come back now　　Snow bends the bough.

《论语》译话

法文可以译成：

  A mon départ Le saule en pleurs.
  Au retour tard. La neige en fleurs.

第二，"信"字可以用于译者本人，译者是否言行一致？是否理论联系实际？就以上的英法译文为例，译者是否使景语变成为情语了？"杨柳依依"：因为英文的"垂柳"是 weeping willow（垂泪的杨柳），所以译文说杨柳流泪，既写了垂柳之景，又表达了依依不舍之情，"雨雪霏霏"英译说大雪压弯了树枝，既写了雪景，雪压树枝又可以使人联想到战争的劳苦压弯了征人的腰肢；法译却用"千树万树梨花开"写雪景的唐诗，用乐景来衬托哀情，"以倍增其哀"，都可以算是景语成情语了，所以可以说是理论联系实际的。第三，"传"字可以用于读者。战士归途中饥寒交迫之景，是否赢得了读者的同情？引起了对战争的反感，对和平生活的热爱？如果是，那译者就是学习了曾子的"三省吾身"，付诸实践，并且有收获了。

（五）

第一章第八节："子曰：'君子不重，则不威；学则不固。主忠信。无友不如己者，过则勿惮改。'"这又和第一节一样，谈到学习和交友，和第四节一样，谈到忠信了。不过第一节说"学而时习之"，是从正面讲；现在说"君子不重、学则不固"是从反面讲什么是"不重"？重的反面是轻，不重就是轻浮，轻浮就不踏实、不深入，所以学习就不牢固，不但是学习，做人也要自重，不自重就得不到信任，自然更没有威信，也没有人愿意和他交朋友。交朋友就要忠于朋友，要为朋友着想，说话做事都要朋友信得过，所以又说"主忠

信",这话怎样翻译?我们看看理雅各和韦利的译文:

1. If the scholar be not grave, he will not call forth any veneration and his learning will not be solid. Hold faithfulness and sincerity as first principles. Have no friends not equal to yourself. When you have faults, do not fear to abandon them. (Legge)

2. If a gentleman is frivolous (i.e. irresponsible and unreliable in his dealing with others), he will lose the respect of his inferiors and lack firm ground upon which to build up his education. First and foremost he must learn to be faithful to his superiors, to keep promises, to refuse the friendship of all who are not like him. And if he finds he has made a mistake, then he must not be afraid of admitting the fact and amending his ways. (Waley)

理雅各的英译,如果要还原成语体中文。大约可以是:"如果学者不严肃,他就不会得到尊敬,他的学习也不会踏实,所以要把忠实和诚恳当成首要原则。朋友不应该是比不上你的人。如果你有错误,不要害怕改正。"这几乎是字对字的直译,但是读后不容易看出上下文的联系,韦利的英译可还原如下:"如果一个上流人士轻浮(和别人打交道时不负责任,又不可靠),他就会失掉下级对他的尊敬,并且缺少建立教育的巩固基础(韦利认为原文有误)。首要的是,他必须学会忠于上级,遵守诺言,拒绝与那些和他不同的人交朋友。如果他发现自己犯了错误,那他一定不要害怕承认事实并且改正自己的方式。"韦利把"不重"从正面说成是"轻浮",并且注明是"不负责、不可靠",这就译出了表层结构和深层内容,但是"无

友不如己者"理解就和理雅各不同,究竟谁是谁非?我想提出新的译法,以供研究。

> An intelligentleman should not be frivolous or he would lack solemnity in his behavior and solidity in his learning. He should be truthful and faithful, and befriend his equals. He should not be afraid of admitting and amending his faults.

首先"不重",我采用了韦利的反词正译法,其次"不威",我用了 solemnity(严肃庄重)一词,而译"不固",则用了 solidity(巩固踏实),原文"不威"和"不固"对称,译文有三个元音(o,i,y)和三个辅音(s,l,t)是一样的,看起来有"形美",听起来有"音美",并有对称之美,"忠信"译成 truthful 和 faithful 也是一样,"无友不如己者"用反词正译法,说和自己同等的人交友,避免了"不如"是"不像"或"不及"的问题,人并不怕改正错误,只怕承认错误,所以要加"承认"二字。翻译有时要模糊,有时要明确。

(六)

第一章第十四节:"子曰:'君子食无求饱,居无求安,敏于事而慎于言,就有道而正焉。可谓好学也已。'"这是孔子对"君子"的一种解释,用今天的话来说,"君子"大约可以指知识分子,知识分子是人,人自然要吃饭,但吃饭是为了能活下去,而不是活下去为了吃饭;人自然要住房子,但住房子也是为了能活下去,而不是活下去为了吃得好,住得好。吃饭和住房子是活下去的物质条件,也是必需条件,那么,精神条件呢?充分条件呢?也就是说,一个物质上有吃有住的人,精神上应该怎么样呢?孔子说,一个知识分子做

第一章

事应该勤快,说话应该谨慎,还应该向明白道理的人请教,好改正自己的错误,弥补自己的不足,这样才可以算是一个好学的君子,西方人怎样理解"君子"呢?我们可以从译文中看得出来。

> A gentleman who never goes on eating till he is sated, who does not demand comfort in his home, who is diligent in business and cautious in speech, who (Waley) frequents the company of men of principle that he may be rectified,—such a person may be said indeed in love to learn. (Legge)

韦利把"君子"译成 gentleman(绅士、上流人士),而根据牛津辞典的定义,gentleman 原来指 man of wealth and social position, especially one who does not work for a living(有社会地位的富人,特别指不用工作谋生的人士),那对"一箪食,一瓢饮,居陋巷"的君子颜回来说,就显得不合适了,后来的解释是 man who shows consideration for the feelings of other people, who is honorable and well-bred(考虑别人的思想感情,受过教育的高尚人士)。这个解释好些,但总不能摆脱历史的阴影,所以钱锺书先生造了一个新词 intelligentleman,把 intelligent(有才智的、聪明的)和 gentleman 合而为一了。更加强调受过教育和有知识的一面,也许可以拉开一点古代君子和西方富人的距离吧。韦利说君子并不吃到心满意足为止,也不要求舒适的家庭生活,但是工作勤奋,说话谨慎,这就说出了中西知识分子的异同,除了双方的精英都勤奋地工作之外,西方的强人恐怕多半要求舒适的生活、精美的饮食,说话也不谨小慎微,他们积极的生活态度创造了 20 世纪的科学文明,而中国君子的生活态度比较消极,饮食但求温饱,居住不图安逸,几千年后,物质生活条件远远落后于西方,这和儒家保守思想的教导,不能说是没

有关系,上半部分是韦利的译文和我的感想,下半部分是理雅各的译文,他说君子应该常和有原则的人来往,以便自己能够得到改进,这样的人才可以算是爱好学习的君子,理雅各把"有道"说成是"有原则",其实"道"不限于原则,具体化为原则反而缩小了"道"的范围,不如笼统化为"好伴",范围更广,反而更能说明原意,现将全句重译如下:

> An intelligentleman eats to live, and not lives to eat. He may dwell in comfort, but not seek comfort in dwelling. He should be prompt in amend his faults. Such a man may be said good at learning.

孔子只谈好学之道,不谈创造之道,这是中国科学落后的原因之一,所以古为今用,不但要用儒家纠西方之偏,也要用西方之长补中国之短。

(七)

第一章最后一节说:"子曰:'不患人之不己知,患不知人也。'"这句话比第一节中的"人不知而不愠"又更进一步。第一节只是说即使别人不理解,自己也要不在乎。这一句却是说不要怕别人不理解你,怕的是你不理解别人。这就从消极转变为积极了。满不在乎是消极的态度,理解别人却是积极的人生观,关心人是孔子哲学的核心,核心是个"仁"字,而"仁"是由"二人"两个字组成的,"二人"中一个是自己,一个就是别人,"仁"的意思就是凡事不要只想到自己,还要想到别人。所以《论语》中最重要的一句话是"己所不欲,勿施于人。"就是将心比心、推己及人的意思。如果每个人都关

第一章

心别人,像关心自己一样,那何必担心别人不理解自己?担心就说明自己不理解别人,现在看看理雅各和韦利如何翻译这一句:

1. I will not be afflicted at men's not knowing me, I will be afflicted that I do not know men. (Legge)

2. (The good man) does not grieve that other people do not recognize his merits. His only anxiety is lest he should fail to recognize theirs. (Waley)

首先"患"字如何翻译?理雅各用了同一动词 afflict(感到痛苦),韦利用了动词 grieve(感到悲伤)和名词 anxiety(忧虑),用词都嫌太重。知名问题一般不会使人感到痛苦、悲伤或忧虑,其实"患"字只是"毛病"或"担心"的意思,西方译者用了痛苦、悲伤、忧虑等词,可见他们重视知名度的问题,在中国人之上;其次"知"的译法,理雅各用的是 know(知道),比较笼统,可算对等。韦利和前面一样,还是用了 recognize one's merits(承认一个人的价值),比较具体,比较精确,因为"知道"一个人,可以只知道他的姓名、面貌、性格,并不一定知道他的价值,即使知道,也不一定承认,所以理雅各只译了原文的表层结构,韦利却进一步译了深层内容。如果把他们的译文结合起来,就可以更接近原文的含义,现在翻译如下:

I care less to be understood and recognized by other people that to understand others and recognize their merits.

《论语》第一章第一节和最后一节都谈到知人知己的问题,但强调了"知人"的重要性,贬低了"为人知"的必要性,造成了人才"与世无争"的风气,结果顺民很多,天下太平,却扼杀了人才的积极性、创造性,所以两千年来,中国发展缓慢,落后于西方了。西方信仰上帝，上帝禁止人吃智慧之果，人却敢和上帝斗争，争取知识，争取为人所知，结果科学发达，造成了现代的文明。比较一下中西方的发展过程，可以看出孔子思想的利弊，弊端之一就是没有分清谁该知人，谁该知己？如果说"不患人之不己知"中的"己"是指人才，那"人"就该指用人的人；而"患不知人也"中"人"却不应该是"用人的人"，而应该指人才，这就是说，人才不必担心没有人用他，而用人才的人却应该担心自己不识人才。举个例子来说：1938年钱锺书、陈省身从欧美回到中国西南联合大学，梅贻琦校长破格提升他们为外文系和数学系的教授，所以钱、陈不必担心没人赏识，但是三十年来，有些大学外文系提升的教授，却连外语都没有过关，这就是用人的人不识人才了。造成这种结果，和孔子"不求人知"的思想，不能说没有关系，所以说有半部《论语》不可以用于治天下了。

第二章

（一）

《论语》第二章第二节说："《诗》三百，一言以蔽之，曰：'思无邪。'"《论语今读》中的译文是："《诗经》三百首，用一句话概括，那就是：'不虚假。'"注释中又说："盖言诗三百篇，无论孝子、忠臣、怨男、愁女，皆出于至情流溢，直写衷曲，毫无伪托虚徐之意。"所以"思无邪"就是真情流露、毫不作假的意思，这是对《诗经》的高度概括，是理解《诗经》的关键，这三个字如何译成英文呢？我们看看理雅各和韦利的译文：

1. Have no depraved thought. (Legge)
2. Let there be no evil in your thoughts. (Waley)

理雅各说："不要有堕落的思想。"韦利说："思想上不要走歪门邪道。"两人译的都是文字，都是从反面着想的，都没有谈到正面的内容。而从正面讲，不要弄虚作假，就是说真心话，流露真实的感情，孔子说话言简意赅，往往举一反三，所以如果只知其一，不知其二，可能会失其精而得

《论语》译话

其粗,因此,整句话可以有两种译法:

    1. There are three hundred poems in the *Book of Poetry*. In a word, there is nothing improper.

    2. In a word, there is nothing but heartfelt feeling.

第一句从反面说《诗经》三百篇中,没有不正当的思想,第二句从正面说流露的都是真情实意。第一句译的是表层结构,第二句译的是深层内容,到底哪种译法好呢?检验理论的标准是实践,我们就拿《诗经》的第一篇来看,诗中有没有不正当的思想?流露的是不是真情实意?第一篇全文如下:

    关关雎鸠,在河之洲。窈窕淑女,君子好逑。
    参差荇菜,左右流之。窈窕淑女,寤寐求之。
    求之不得,寤寐思服。悠哉悠哉,辗转反侧。
    参差荇菜,左右采之。窈窕淑女,琴瑟友之。
    参差荇菜,左右芼之。窈窕淑女,钟鼓乐之。

第一段四句是说春天河滨鸠鸟叫春,青年男女也开始春情发动。第二、三段八句是说夏天荇菜浮出水面,左右都有流水绕过;男子思念女子,日夜绕着她转,就像流水绕着荇菜左右一样。第四段四句说到了秋天荇菜成熟,可以采摘;男女感情也成熟了,于是弹琴鼓瑟,交友定情。第五段四句说冬天农闲,男女结合,敲锣打鼓,煮熟荇菜,招待客人。这五段诗,按照春夏秋冬四时行焉、百物生焉的自然规律,青年男女由相思、追求、交友、定情而结合,这不仅没有什么不正当,而且流露的是真情实意。

    《诗经》流传了三千多年,是两千五百年前孔子定为三百零五篇的,所以有许多不同的理解,例如君子和淑女是什么人?雎鸠是

第二章

什么鸟？荇菜是什么菜？"流之""采之""芼之"是不是意义相同？这些都可以用孔子的话"思无邪"来判断，看哪种解释说得好，哪种说不过去？是不是有什么不正当的，或是流露了真实的感情？首先，君子从字面上讲，是君主的儿子，所以有人认为是周文王，那么，淑女就是王后或者妃子了，但是君王和后妃会去河滨采摘荇菜吗？可能性不大，所以一般认为是普通人，尤其到了今天，要古为今用就更认为是青年男女了。其次，雎鸠是什么鸟？一般说是水鸟，关关是鸟的叫声，但水鸟是吃鱼的，用在婚礼歌中，恐怕不合"思无邪"吧。有人说是斑鸠，斑鸠的叫声是咕咕，咕咕声音低沉，在歌词中不够响亮。加上"安"的元音，就变成"关关"了。所以斑鸠比水鸟更好。最后，"流之"接着"在河之洲"。应该指水流过更加合理。如果说是左采右采，那就和前面的"河"没有关系，和后面的"采"又重复，可能低估了古代歌唱诗人的水平。更重要的是，荇菜春生夏长，秋收冬藏，和青年男女春天发情，夏天求爱，秋天定情，冬天结合，正好符合孔子说的"四时行焉，百物生焉"。这就是说合乎天道，顺应自然，也就是说"思无邪"了。如果读读英译，也许更能说明问题。

> By riverside are cooing A pair of turtledoves.
> A good young man is wooing A fair maiden he loves.
> Water flows left and right Of cresses here and there.
> The youth yearns day and night For the maiden so fair.
> His yearning grows so strong He cannot fall asleep.
> He tosses all night long So deep in love so deep!
> Now gather left and right The cresses sweet and tender!
> O lute play music bright For the fiancée so slender!

《论语》译话

  Feast friends at left and right   On cresses sweet and tender!
  O bells and drums, delight   The bride so fair and slender!

这个译文用水作为第二段"左右流之"的主语,用人作为第四段"左右采之"和第五段"左右芼之"的主语,这样就可以看清人与自然的关系,也可以看出青年男女你欢我爱的真实感情。再看看《大中华文库·〈诗经〉》中对(1)"流之",(2)"采之",(3)"芼之"的译法:

  (1) There grows the water grass   The folk are fond to pick;
  (2) There grows the water grass   The folk are fond to choose;
  (3) There grows the water grass   The folk are fond to gain.

中文的意思大致是:(1)那里长着水草,人们喜欢采摘;(2)那里长着水草,人们喜欢挑选;(3)那里长着水草,人们喜欢得到。这虽然没有什么不正当的,但和男女青年的感情几乎没有关系,因此不如上面的解释好,这也说明"思无邪"如果译表层结构,不如译深层内容更合孔子原意。

(二)

  第二章第三节:"子曰:'道之以政,齐之以刑,民免而无耻;道之以德,齐之以礼,有耻且格。'"如果说第一章第一节三句主要讲修身,那么这一节就讲治国了,应该如何治理国家呢?"道"等于"导",就是领导、指导,"政"就是政治、管理,或者专政。"道之以政"等于说领导用政策来指导人民,"齐之以刑"中的"齐"字,就是整齐划一,统一思想,统一行动;"刑"就是刑罚。全句是说,为了统一思想行动,可以根据法律用刑处罚,结果怎么样呢?"民免而无

耻"。老百姓为了避免刑罚而不敢违法,但是并不一定知道是否真正错了,错在什么地方,结果可能口服而心不服。如果换个方法,"道之以德",用道德来教导人民,又"齐之以礼","礼"用今天的话来说就是规矩,要人民的思想行动都合乎规矩,结果会怎么样呢?老百姓会"有耻且格"。既知道自己为什么错了,又知道正确的做法是循规蹈矩,那就可以知过必改,口服心服,思想行动都合乎规格了。这句话如何翻译?我们可以看看韦利的译文:

> Govern the people by regulations, keep order among them by chastisement, and they will flee from you, and lose all self-respect. Govern them by moral force, keep order among them by ritual, and they will keep their self-respect and come to you of their own accord.

英译大致是说:用规则来管理人民,用刑罚来维持秩序,人就会失去自尊心,会逃避你。用道德的力量来管理,用礼仪来维持秩序,人就会保持自尊,并且主动来接近你。总之,讲的是法治和礼治的分别,理雅各也有译文,他把"道"译成 lead(领导),"政"译成 law(法律),"齐"译成 uniformity(整齐划一),"刑"译成 punishment(处罚),"耻"译成 sense of shame(羞耻感)。两种译文各有千秋,如果取长补短,大致可以重译如下:

> If the people are governed by laws and order is kept by punishment, they will be obedient but do nothing voluntarily. If they are led by virtue and order is kept by rites, everything will be done voluntarily in conformity with the norm.

几种译文都说明了法治和礼治的分别,法治就是根据法律治理国家,礼治却是根据道德治理国家,法治造成了今天的西方文明,礼治也造成了历史上的汉唐文化,但是 Every law leaks(法律都有漏洞),最显著的例子是全球金融危机,它就是大投机商利用法律的漏洞造成的,礼治的缺点变成了人治。道德只用来治人,却不用来对统治者自己,结果造成了唯唯诺诺的顺民,因此,法治礼治应该取长补短。

(三)

第二章第四节:"子曰:'吾十有五而志于学,三十而立,四十而不惑,五十而知天命,六十而耳顺,七十而从心所欲,不逾矩。'"这是孔子一生的心路历程,理解各有不同。我觉得《论语》要古为今用,理解只能个人联系实际,只要言之成理,就可聊备一格。孔子十五岁,立志求学,学什么呢?是学知识,还是做人?有人说是学礼,因为《论语》第八章中说过:"兴于《诗》,立于礼,成于乐。"那"三十而立"就是"立于礼"了,这就是说:十五岁学礼,三十岁知礼了,可以在社会上站住脚,对于君臣、父子、师友之礼,或者说是人际关系,可以应付自如。到了四十岁,对礼乐之道,主观上没有什么怀疑,到了五十,更对天地之间的客观规律,有深入的理解,到了六十,无论听到人说什么,都能分清是非对错,最后进入七十,自己随便想做什么,主观愿望都不会违反客观规律和人为的规矩。

西方是如何理解这种心路历程的呢?我们看看理雅各的译文:

At fifteen, I had my mind bent on learning. At thirty, I stood firm. At forty, I had no doubt. At fifty, I knew the decrees of Heaven. At sixty, my ear was an obedient organ for the reception of truth. At seventy, I would follow what my heart desired, without transgressing what was right.

这个译文，在五十岁以前，都和原文一致，到了六十，译者把"耳顺"解释为"耳朵是接受真理的驯服工具"，这就不仅翻译了原文的表层结构，而且揭示了深层的内容。七十也是一样。"不逾矩"说成是"不超越正确的范围"，使人更容易理解。那么，五十以前，能不能也译出深层的内容呢？问题似乎不那么简单。因为"志于学"的深层内容要问"学什么？"如果要古为今用，那就只好结合个人的具体情况来谈了。

说到自己，我是学外文的，恰好决定学外文的那一年正好是十五岁，那年我在江西省立南昌第二中学高中二年级，英文老师要求我们背诵三十篇短文章，其中有英国莎士比亚的《凯撒大将》选段，美国欧文《见闻录》的序言。背熟之后，对英美的文史风光有了兴趣，我就开始考虑升学读外文了，但是如果要说立志，恐怕还没有达到那个高度，只是喜欢而已。到了三十岁，新中国已经成立，我从欧洲游学回来，由教育部分配到北京外国语学院任教，开始了我这一生的外语教学事业，可以算是三十立业了。

到了四十，能不能算"不惑"呢？我二十岁时参加了第二次世界大战，在美国志愿空军做了一年英文翻译；二十二岁，又把英国德莱顿的诗剧译成中文，发现兴趣很大，同时在中学教英文，兼任大学助教，也受到了欢迎。到底是教学呢，还是翻译呢？这是一惑也，结果是双管齐下，工作是教学，业余搞翻译，解决了问题。在国内学了十几年英文，去国外又学了几年法文，自然学了英文再学法文，事半功倍，但到底做英文工作还是法文工作？这是二惑也，这个问题好办,服从工作需要,援助越南抗法战争时搞法文,越战胜利之后又搞英文,两全其美,于是我正式工作是英文、法文教学。课余又把《毛泽东诗词》译成英法韵文,还把一本罗曼·罗兰的小说译成中文,这样就成了国内外第一个能进行中英、中法互译的人才,刚好那时(1958年)公布了"高等教育六十条",规定外语一级教授必须精通两种外语,我想精通至少应该能够互译,于是心中暗喜,认为胜利有望。不料评审结果,只评了个五级;而评上一级的教授,没有一个出版过两种外文互译作品的,这是三惑也,不过这个问题倒不难解决,按照孔子的说法:"人不知而不愠,不亦君子乎?"按照当时的说法:工作要向高处看齐,报酬要向低处看齐,我比上不足,比下有余,知足不难,也可以说是"四十而不惑"了。

至于"五十而知天命","天命"是什么?是东方的命运,还是西方的上帝?联系个人的实际,我看"天命"可以理解为不可抗拒的客观规律或暴力,例如1966年爆发的"文化大革命",我们这一代知识分子,刚好五十岁上下,很少有幸免的。不是受到批判,就是挨了斗争,甚至送了性命,所以"知天命"者只好苟全性命于乱世,才能保全文化,流传后代了。

"六十而耳顺",耳顺是什么意思?有人说是能够虚心接受批评。理雅各说能接受真理,那就不能接受错误的意见了。我看还是能够分辨是非,接受正确的意见,指出批评的错误,这样才能互相提高,共同进步。例如翻译问题,有人认为翻译应该忠于原文的表层结构(如把法国小说《红与黑》中的市长夫人含恨而死译成"死了"),并且批评表层结构不相同的译文(如把含恨而死译成"魂归离恨天")。说是用了成语,违反了修辞规律,这时就要指出用词只是表层结构,更重要的是深层内容,为了内容可以改变表层结构,贝多芬说过:"为了更美,没有什么清规戒律不可打破。"这样才能提高翻译水平。

最后,"七十而从心所欲,不逾矩。"这是人生的最高境界,"从心所欲"是进入了自由王国,可以充分发挥主观能动性、创造力;"不逾矩"是停留在必然王国,还受到客观条件的限制,只敢人云亦云,不求有功,但求无过。回想自己70年的翻译史,如能进入自由王国,传情达意,就会感到"不亦乐乎",而一般还是在必然王国对付表层结构,"词达而已",下面对第二章第四节的译文就可说明问题。

At fifteen I was fond of learning. At thirty I was established. At forty I did not waver. At fifty I knew my sacred mission (or the objective law). At sixty I had a discerning ear. At seventy I could do what I would without going beyond what is right.

(四)

《论语》第二章第十节:"子曰:'视其所以,观其所由,察其所安。人焉廋哉?人焉廋哉?'"这是孔子知人的三部曲:第一步看他做什么事,说什么话;第二步看他为什么这样做或这样说;第三步看他做后或说后是否心安理得?走了这三步之后,对一个人就可以有所了解,这个人也没有什么不容易理解的了。理解原文并不容易,如"所以"有人理解为"所为",有人理解为"所与"或所交的朋友,如果理解为"所与",那下两步就应该是为什么交这种朋友,交友后是否心安理得?这就不是"知人",而是交友三部曲了,我们看

《论语》译话

看西方人是如何了解，如何翻译的。理雅各的译文是：

> See what a man does. Mark his motives. Examine in what things he rests. How can a man conceal his character! How can a man conceal his character!

译文把"所以"理解为"所作所为"，接着就说：注意他的动机，检查他依靠的是什么东西，那一个人就不能隐瞒他的性格了。理雅各把"知人"的重点放在性格上，强调了动机和依靠，而韦利呢？

> Look closely into his aims, observe the means by which he pursues them, discover what brings him content—and can the man's real worth remain hidden from you, can it remain hidden from you?

韦利把"所以"理解为目标，接着说：观察他追求目标所用的方法，发现什么使他得到满足，那么他的真正价值会不为人所知吗？韦利的译文比理雅各的更精确。重点是人的价值，观察的是目标、方法、态度（满意）。两种译文哪种更好呢？那又要联系实际来看。

《中国翻译》2008年第4期发表了纪念傅雷的文章。文章指出："在一两个世纪以内已经完全没有可能再产生出傅雷这样卓绝的翻译大师。"但北京燕山出版社2007年出版的《约翰克里斯托夫》后记中却说："新译是一部形神兼备，青出于蓝的好译本。""比傅雷译的《约翰·克利斯朵夫》好。"究竟孰是孰非，就需要研究了。

首先，"视其所以"，如果"所以"指"所为"，那就是两位评论家说的这两句话；"观其所由"就是问他们说这两句话的原因和依据；《中国翻译》的评论者是为了纪念傅雷，但没有说明为什么傅雷是不可超越的翻译大师，燕山出版社版的评论者是为了介绍新译本，

并且举了几页例子,说明新译胜过傅译。其实,只要有一个反证就够了,试看下面的译例:

原文:je bois le sourire de ta bouche muette(p. 1434)
英译:I drink the smile of thy silent lips(下册 p. 350)
傅译:从你缄默的嘴里看到了笑容(4 册 196 页)
新译:我痛饮你嘴上醉人的笑容(下册 1047 页)

第三,"察其所安","所安"指评论者能否接受批评,如能接受并且改正,或不接受,却能提出反证,都可使人了解评论是否正确。从以上的三点看来,理雅各比韦利理解更好。只有最后的结论,韦利胜过了理雅各,因为"知人"与其说是要知道评论者的性格,不如说是要了解评论或评论者的价值,不管哪种解释,全句可以考虑把所作所为、前因后果都翻译出来:

See what a man does, examine why he has done so, and observe how he will face criticism. Can he have anything hidden in his mind? Could he?

(五)

第二章第十五节:"子曰:'学而不思则罔,思而不学则殆。'"这两句话说的是学习和思考的关系,有人说是感性知识和理性知识的关系。如果感性知识不能上升为理性知识,思想就会模模糊糊;如果理性知识没有感性知识来充实,那理论就会空空洞洞,没有实用价值。我们看看西方人是如何理解这两句话的,理雅各和韦利的译文大同小异。

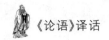《论语》译话

> Learning without thinking is labor lost, thought without learning is perilous. (Legge)

理雅各的译文可还原为：学习而不思考是白费力，思考而不学习是危险的。是不是白费力或危险呢？我看还是用实例来说明更好。

《英语世界》"识途篇"中曾谈到刘禹锡《竹枝词》的英译：

杨柳青青江水平，	Between the green willows the river flows along;
闻郎江上唱歌声。	My gallant in a boat is heard to sing a song.
东边日出西边雨，	The west is veiled in rain, the east enjoys sunshine;
道是无晴却有晴。	My gallant is as deep in love as the day is fine.

"识途篇"中说："英文译得非常流畅，而且译文的韵律也很好，但是，原文里面的奥妙之处在译文里却看不到，因为那是无法翻译的。（'晴'与'情'谐音。）""识途篇"指出了译文的流畅和韵律，可见作者是"学而思"的，但他却看不到译文的"奥妙之处"，认为那是"无法翻译"的，这就是"学而不思"了，因为译文最后分明是说：西边下雨东边出太阳，情郎的情意和天的晴意一样深，这就是说，天有多么晴，人也就有多少情，天是半晴半雨，人也就是半心半意了，这不是原文双关的"奥妙之处"吗？"识途篇"的作者"学而不思"，或者思而不深，结果虽不是"白费力"，但是视而不见，结论就错误了。

《大连外国语学院学报》2009年第7期第51页评论李商隐诗

第二章

"春蚕到死丝方尽,蜡炬成灰泪始干"的译文:

> Spring silkworm till its death spins silk from lovesick heart.
> And candles but when burned up have no tears to shed.

评论者说译文好,但要把第二行改成:

> And candles till burned up have no longing lears to shed.

评论者加了 longing 一词,增添了两个音节,打破了英诗亚历山大体每行十二个音节的格律,又不知道英诗每行先轻音、后重音,是抑扬格,加词打乱了抑扬格的韵律,这是不懂英诗格律,却又不去学习,反而自作聪明,思而不学的结果,虽然不算危险,但却把好诗改坏了,由此可见,思而不学的结果,也是产生错误。

从以上两译例看来,理雅各把"学而不思则罔"的"罔"字说成"劳动无功",虽然不错,但是不如"盲目实践"更合一般情况,他把"思而不学则殆"的"殆"字理解为"有危险性",也是一样,不如说是"缺少实用价值",因此,孔子这两句话可以考虑如下译文:

> To learn without thinking risks to be blind, while to think without learning risks to be impractical.

第三章

（一）

《论语》第三章中第三节谈到"礼乐之治"，根据冯友兰的解释，"礼"模仿自然界外在的秩序，"乐"模仿自然界内在的和谐，第三节："子曰：'人而不仁，如礼何？人而不仁，如乐何？'"这就是说，"仁"是礼乐的核心，礼乐是"仁"的外化，"仁"是二人，要为别人着想，所以"礼乐之治"就是"仁政"，但是第十八节却说："子曰：'事君尽礼，人以为谄也。'"这等于说：为君主做事，应该循规蹈矩，但是不能唯唯诺诺，否则人家会以为是在谄媚君主，唯唯诺诺并不合乎"仁"的标准。第十九节说："君使臣以礼，臣事君以忠。"这就是说：君主根据礼法使用臣子，臣子要忠心耿耿做事。到了今天，可以说国家应该使"人尽其才"，人才应该全心全意工作，这些关于礼乐的话，西方是如何理解的？我们先来看韦利和理雅各的译文。

Section 3. A man who is not good, what can he have to do with ritual? A man who is not good, what can he have to do with music?（Waley）

Section 18. The full observance of the rules of propriety in serving one's prince is accounted by people to be flattery. (Legge)

Section 19. A rule in employing his ministers should be guided solely by the prescriptions of ritual. Ministers in serving their ruler, solely by devotion to his cause. (Waley)

第三节说：一个人如果不是好人，礼乐又有什么用呢？好人就是"仁人"，这说明"仁"是深层的内容，礼乐是表层的形式，如果内心不是为人的利益着想，表面上的循规蹈矩，"钟鼓乐之"，是没有什么实际意义的。第十八节说：为君主做事的时候，完全按照规矩，一板一眼，不敢越雷池一步，那会被人看成是逢迎讨好。第十九节又说：君主用大臣，只能根据礼法的规定；大臣为君主做事，只能忠诚于君主的千秋大业，由此可见，礼法是君主用来限制臣民的，却不是限制君主的，这样反而可能限制群众的积极性、主动性和创造力，所以这三句话可以改译如下：

Section 3. If a man is not good, what is the use for him to perform the rites and music?

Section 18. One who serves the prince in strict accordance with the rites would be considered as a sycophant (or flatterer).

Section 19. The prince should employ his ministers in accordance with the rites and the ministers should be devoted to the prince.

到了今天，内容和形式的关系还有现实意义，君臣关系就要改成领导者和被领导者的关系了，不管哪种关系，核心都是"仁"字，回忆第二次世界大战期间,美国志愿空军来华参加抗日战争,我那时正在大学外文系四年级,第一次参加翻译工作,领导我的是机要秘书林文奎,他也是清华大学毕业生,又是航校第一期第一名,他在航校毕业时发言,表示抗日决心,声泪俱下,宋美龄听了大为感动,解下手表作为奖励,他做领导能知人善任,工作忙时加班加点,完后派车送大家去石林,劳动结合,大家心情愉快。他曾去意大利学航空,答应送工作表现好的去国外深造,大家觉得他是个好领导,因为他能事事为人着想。

(二)

第三章中还有两节谈到《诗》和乐的。第二十节说:"子曰:'《关雎》,乐而不淫,哀而不伤。'"《关雎》是《诗经》中第一篇关于婚礼的乐歌,写青年男女相识相思,追求交友,最后结合的三部曲,写出了男女相恋的欢乐,但并没有放荡的行为。是发乎情而止乎礼的,即使"求之不得",也只"辗转反侧",睡不着觉而已,并没有伤心得病倒,这就是能"以理化情"了。

第二十五节又说:"子谓《韶》:'尽美矣,又尽善也。'谓《武》:'尽美矣,未尽善也。'"《韶》是虞舜登上帝位的音乐,唐尧礼让天下,开启了礼乐治国的第一声,所以孔子说《韶乐》美极了,好极了。"善"指"礼","美"指"乐",就是说内容好极了,形式也美极了,这是孔子对文学艺术作出的最高评论。《武》是周武王打败商纣王,取得胜利,登上帝位,载歌载舞的乐曲,《诗经·周颂》中有《武》的颂词,最后三句是:"嗣武受之胜殷遏刘,耆定尔功。"(继承文王的有武王,战胜殷商,灭亡殷商,之功告成,意气扬扬。)《诗经》中的英译文如下：

> King Wu after his Sire
> Quelled Yin's tyrannic fire
> His fame grows higher and higher.

孔子对《武》的评论却是：音乐美极了，可惜内容还不是好极了，内容不够好，因为武王伐纣，是以武力取得天下，不像虞舜是以礼让登上帝位。孔子这种"重文轻武"和"重善轻美"的思想，对后世影响很大，而西方相对的"重武轻文"和"重真轻善"的思想，却大大影响了后来的世界，现在我们看看西方的韦利是如何翻译孔子这两句话的：

Section 20. The *Ospreys*! Pleasure not carried to the point of debauch; grief not carried to the point of self-injury.

Section 25. The Master spoke of the *Succession Dance* as being perfect beauty and at the same time perfect goodness; but the *War Dance* as being perfect beauty, but not perfect goodness.

韦利说《关雎》的欢乐没有达到放荡的地步，悲哀没有达到自伤的地步，又说虞舜继承帝位的舞曲尽美尽善，武王的战争舞曲尽美而不尽善。但从今天的观点来看，西方的文学艺术已经发展到自由放荡的地步，中国当代的文学艺术也在向西方看齐，西方重真的科学文明也走在中国前面，但不重善德的经济文化却带来了全球的金融危机，因此，中西文化还是需要取长补短的，而孔子的评论结合当前的实际，可以考虑改译如下：

Section 20. *Cooing and Wooing* tells us pleasure and grief

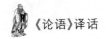

should not go to excess.

Section 25. The Master said of the *Inauguration Music* as perfectly beautiful and perfectly good, and the *Martial Dance* as perfectly beautiful but not perfectly good.

第二十节译成悲欢都不要走极端,避免了自由是不是过度的问题,今天还可以适用,第二十五节把韦利用的名词改成形容词,又避免了把歌舞和"尽美尽善"等同,孔子评《诗》用了"善"和"美",西方诗人却不说"善",而说"真"和"美",如济慈说"美就是真",这又是中西方的不同。

第四章

（一）

　　第四章中有几节是谈"道"的，如第八节谈到"道"的重要性说"朝闻道，夕死可矣。"早上明白了"道"，晚上死了也没有什么遗憾。什么是"道"呢？大约是指做人之道，小则"修身，齐家"，大则"治国，平天下"。《礼记》上不是说"大道之行也，天下为公"吗？这就是治理天下的大道理，至于做人的道理呢？第十五节中孔子对曾参说："参乎！吾道一以贯之。"曾子说："夫子之道，忠恕而已矣。"这就是说：孔子讲的道理，可以用一句话贯彻起来，就是"忠恕"两个字。什么是"忠"？什么是"恕"？《周礼》中说："如心曰恕，中心曰忠。"这是把"忠恕"两个字拆开，说把心放在当中，不偏不倚，无私无党，那就是忠。别人的心，如同自己的心一样，将心比心，就会理解别人，谅解别人，这就是恕。所以朱子说："尽己之谓忠，推己之谓恕。"加两个字来解释，做人做事，都尽己所能，那就是忠，推己及人，这就是恕。其实孔子自己对"恕"也有解释，第十五章第二十四节说："子贡问曰：'有一言而可以终身行之者乎?'子曰:'其"恕"乎!己所不欲,勿施于人。'"一言终身行之,和"一以贯之"差不多,既然恕是消极的"己所不欲,勿施于人",那忠就是积极的"己欲立而立人,己欲达而达人"了,所以孔子认为,做人之道就是"忠恕"二字。西方人是如何理解这些的呢?我们可以看看理雅各和韦利的译文:

> Section 8. If a man in the morning hear the right way, he may die in the evening without regret. (Legge)

> Section 15. The Master said, "Shen! My Way has one (thread) that runs through it."... Master Tseng said, "Our Master's Way is simply this: Loyalty, consideration." (Waley)

关于"道"字,两人都译成 way(道、道路、方法等),理雅各在前面加了一个形容词 right(正确的),那 the right way 就成了"正确之道"的意思,而韦利却用了一个大写的 Way,表示不是一般的道理,而是特指之道,两人的理解同中有异,而在"吾道一以贯之"中,理雅各把"道"译成 doctrine(主义、原则、学说),可见"道"字在不同的情况下,可以有不同的意义、不同的理解,也可以有不同的译文。"忠恕"二字也是一样,韦利把"忠"理解为"忠心",把"恕"理解为"关心""考虑别人",比较简单,理雅各却更加详细,把"忠"译成 true to the principles of our nature(忠实于本性的原则),把"恕"译为 the benevolent exercise of them to others(对人宽厚地运用这些原则),译文显得繁琐,可以取长补短,把这两节翻译如下:

> Section 8. If a man knows in the morning the right way of living(or how to live), he may die in the evening without regret.

Section 15. The Master said, "Shen, you know how my principle can be simplified?"... Master Zeng said, "Our master's principle can be simplified into loyalty and leniency."

第八节说:"朝闻道,夕死可矣。"究竟是什么"道"？早上明白了,晚上死也无憾？前面说是做人之道,修齐治平,虽然不能算错,但总觉得没有回答在点子上,为什么明白了做人或治国之道就可以死呢？回答有点牵强,只有说是生死之道才更合理,因为生死是一回事的两面,知道了生死的自然规律,知道了应该如何生活,也应该知道如何死亡,什么时候都该好好生活,尽其在我,那什么时候死亡都没有关系,不必担心,这就是未知生,焉知死？既知生,何患死了。第十五节说:"吾道一以贯之。"在这里可能是"一言蔽之"的意思,"忠"字好译,"恕"却难,一个"中心",一个"如心",中文字形之妙,也该尽量传达,所以这里译成 loyalty 和 leniency,两个字形相似同头同尾,而且 leniency 的意思正是宽待别人,这样译可能较好。

第十五章第二十四节对"恕"的解释是:"己所不欲,勿施于人",韦利的译文是:

Never do to others what you would not like them to do to you.

这和第五章第十二节子贡说的"我不欲人之加诸我也,吾亦欲无加诸人。"意思差不多,理雅各的译文是:

What I do not wish men to do to me, I also wish not to do to other.

这两句话说的"不欲",都是从反面来说的,从正面来说的如第六章

第三十节:"夫仁者,己欲立而立人,己欲达而达人。"理雅各的译文是:

> Now the man of perfect virtue, seeking to be established himself seeks also to establish others; seeking to be enlarged himself, he seeks also to enlarge others.

这就是说,一个道德完美的仁人要立身于世,也要助人立身于世,自己要发展,也要助人发展,这和《圣经》中说的"己之所欲,亦施于人"有什么不同呢?《圣经》的话影响很大,影响了16世纪的宗教战争,就是旧教和新教的战争,旧教徒要新教徒改变信仰,否则就是异教徒,就要被活活烧死,甚至进行大屠杀,到了今天,有的国家相信"自由,民主,人权"并要求别的国家依样画葫芦,如不同意,甚至发动战争,造成无辜伤亡,这就是"己之所欲,亦施于人"和"己欲立而立人,己欲达而达人"的不同,因为"立人""达人"是要助人立身立业、建立国家,不是进行战争,破坏国家;是要国家发达,不是毁灭国家,这和"己所不欲,勿施于人"更加不同,因为后者等于说,自己不想国家遭到破坏,就不破坏别的国家。可见孔子的"仁"和西方的"人权"有同有异。

(二)

第四章第七节:"子曰:'人之过也,各于其党。观过,斯知仁矣。'"这就是说,人犯错误,有不同的档次。观察一个人的错误,就可以知道他是什么档次的人。在这句话里,"党"是档次、种类的意思,"仁"却和"人"通用。为什么观察一个人的过错,怎么错的,为什么错,就可以知道这个人呢?为什么不观察一个人的优点,而要观察他的过错呢？因为优点多有共性，大家都这样做，那就看不出个性来，而错误常是个人的，暴露的多是个人的缺点，所以能够看出人的个性，我们看看理雅各的译文。

> The faults of men are characteristic of the class to which they belong. By observing a man's faults, it may be known what kind of man he is.

这个译文如果更现代化一点，也可以考虑以下的表达方式：

> A man's faults may reveal what kind of man he is. A man may be judged by his faults.

为什么说"观过，斯知仁矣"？为什么可以根据一个人的错误来判断他的价值？下面就来举一个翻译的例子说明问题。英国诗人雪莱写了一首短诗"O World, O Life, O Time"（《啊！世界、人生、光阴！》）两段十行，现将《诺顿英国文学选集》第743页后段五行和《雪莱诗选》中的译文抄录如下：

> Out of the day and night
> A joy has taken flight—
> Fresh spring and summer[ ]and winter hoar
> Move my faint heart with grief, but with delight
> No more, O never more!
> 从白昼，从黑夜
> 喜悦已飞出世界；
> 春夏的鲜艳，冬的苍白，
> 触动我迷惘的心以忧郁，而欢快，
> 不再，哦，永远不再！

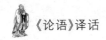《论语》译话

第一，原诗第一二行是说喜悦已经飞离白天和黑夜，也就是说，无论白天黑夜，都不再有欢乐，所以下面才说：无论春夏秋冬都不再愉快。白天黑夜、春夏秋冬都是时间，说明了诗题最后一个字，但译文却变成了从时间飞出空间，逻辑上说不过去，和下文"春夏秋冬"的联系也削弱了。

第二，原诗"鲜艳"只指春天，不指夏天，而译文却说是春夏如果"鲜艳"是指春夏两季，那后面的"苍白"就应该指秋冬了，但原文和译文都只用 hoar 和冬天发生关系，却和秋天无关，可见"鲜艳"也只包括春天。

第三，原诗"夏"和"冬"之间有一个[ ]，显然是个"秋"字。一查雪莱原稿，果然原来有个 autumn（秋），却给作者划掉了，为什么要划掉？因为三四行应该是抑扬格十音节，第三行已经有九个音节，而 autumn 有两个音节，加上去全行成了十一个音节，多了一个。所以雪莱写上又删去了，有的编辑整理遗稿用[ ]表示删节，有的没用，本诗译者看到的可能没有删节号，所以就译错了。

第四，译者在最后一行用了一个"哦"字，"哦"是表示领会、醒悟、将信将疑的，并不表示感叹，所以短短的五行之中几乎每行都有一个错误。

自然除了这几个错误之外，译者都译对了，但是评论译文，应该根据译对的还是译错的？如果译对的地方，别人也能译对，那就不能代表译者的水平，所以只有根据误译才能看出译者水平的高低，这就是"观过，斯知仁矣。"从第一个错误看来，译者的逻辑水平不高；从第二个错误看来，译者的识别能力不强；从第三个错误看来，译者没有深入研究的精神；从第四个错误看来，译者对汉语的用法没有仔细推敲的精神。做出这个判断，是不是吹毛求疵呢？

第四章

如果这是批判学生的作业，可能要求太高，但是这个译者却是得过奖的翻译家，这个批评恐怕就不能算太过分了。

翻译犯错误是难免的，如果能够认识错误，加以改正，那就是把坏事变好事，但是如果坚持错误，进行狡辩，甚至倒打一耙，那就是错上加错，犯下更大的错误了，例如"春夏秋冬"的翻译，没有译"秋"的译者不止一个，但是有的译者指出，"秋"字可以用 fall，意思没有改变，音节少了一个，正好符合规律，这个解释与众不同，说明了译者的独创性或个性，如果算是优点的话，那就不只是观过可以知仁，观察优点，也可以看出译者的水平了。有的译者却根据《牛津辞典》中的 fall(now chiefly U. S. Autumn)，认为 fall 只在美国英语中才表示秋天，而雪莱是英国诗人，所以不可能用这个词，并且在香港《诗网络》上发表文章，讥讽一个译者把雪莱变成美国人了，这个讥讽没有批倒前人，反而进一步暴露了自己的缺点，说明了自己"学而不思"，连《牛津辞典》都不会用，因为辞典上白纸黑字，分明说的是：现在主要在美国 fall 当秋天讲，但雪莱并不是现代人，而是生活在 19 世纪，19 世纪诗人 Wordsworth（华兹华斯）诗中就有 from spring to fall（从春到秋），明明白白用了 fall 表示秋天，评者发表讥讽文章，反而是讥讽了自己无知，香港杂志刊登了这篇文章，是否表示同意作者的观点呢？评奖委员会给这个译者发了奖，对译者有没有认真仔细地审查呢？这一个例子更说明了观过可以知人(仁)，不但是知一个人，而且可以知一个刊物，甚至了解一个评奖委员会，无怪乎报纸上要评论不公正的事了。

（三）

第四章第十七节："子曰：'见贤思齐焉，见不贤而内自省也。'"

这就是说，看见好人，就要向他看齐，向他学习，要做得和他一样好，看见不好的人，有缺点、犯错误的人，却要反问：自己是不是也有类似的缺点，犯过类似的错误？这可能是改造思想、追求进步的好方法了，我们看看理雅各和韦利是怎样翻译这一句名言的。

1. When we see men of worth, we should think of equalling them; when we see men of contrary character, we should turn inwards and examine ourselves. (Legge)

2. In the presence of a good man, think all the time how you may learn to equal him. In the presence of a bad man, turn your gaze within (*within yourself scrutinize yourself*). (Waley)

首先，"贤"字如何翻译？理雅各说是有价值的人，韦利却只简单说是好人，一般说来，好人很多，价值也各有不同，如何去学习、看齐？这里，"贤"可能指比自己好的人，范围小一点，就更容易做到。其次"不贤"，韦利又简单地说是坏人，可能太重，有缺点、犯错误都不是好事，但不能说是坏人。理雅各说是性格相反的人，那更不能说是"不贤"，其实，只说做过错事的人也许够了，至于"思齐"两人译文都差不多，韦利加了一个时间状语，未免过分强调，"内自省"的译文又加了一个括号说明，不如理雅各的译文干净利落，为了便于应用，译文可以考虑改动如下：

When you see a man better than you, you should try to equal him. When you see a man doing wrong, you should ask yourself if you have done the same.

这样翻译，我觉得比较容易实践，例如上面提到《雪莱诗选》译

第四章

者的缺点错误。我说译者逻辑水平不高,识别能力不强,没有深入研究的精神,对汉语的用法没有认真推敲,如果根据"见不贤而内自省也"的精神来检查一下自己的翻译会如何呢?近来我在《千家诗》中翻译了孟浩然《临洞庭》一诗。重读之下,发现自己也犯了类似的错误,现在把原诗前半的原文和译文抄录如下:

> 八月湖水平,涵虚混太清。
> 气蒸云梦泽,波撼岳阳城。
> The lake in eighth moon runs not high;
> Its water blends with azure sky.
> Cloud and dream fall into the river;
> When its waves rise, the town walls shiver.

"八月湖水平"的"平"字有两个可能,一个是平湖秋月,水波不兴的"平",一个是湖水上涨,与岸齐平的意思,是哪种可能呢?这就需要对汉语的理解识别能力了,我译成湖水没有上涨,这大约是选用了"平湖"的意义,但是"涵虚混太清"中的"涵虚"指波光水色,"太清"指清澄的天空,"混"字是说水天似乎合而为一了。湖水到底是涨了还是没有涨,更容易显得水天一色呢?这就需要逻辑思维能力了,我选用了没有涨,似乎不如涨了更加合理,这也说明了自己的逻辑水平不高,对汉语的识别力不强,如果把 not high(涨得不高)改成 so high(涨得这样高),也许就好些了,下面"气蒸云梦泽"原来是说云梦湖上水气蒸腾,古代的云梦是两条水,水上波光云影,如梦如幻,译文说云彩和梦幻都落入水中,联系到作者孟浩然怀才不遇,有失落感,那么云和梦都沉入水里,不但写出了客观的景色,还写出了诗人主观的心情,这似乎有深入研究的精神了,但比较一下《千家诗》序言中许明的译文:

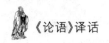《论语》译话

> When dreaming clouds rise from the lake,
> Its waves roll up and town walls shake.

译文把云和梦合而为一,更写出了洞庭湖的波光浩渺,"湖"字就比"河"字好得多了,前译说如梦如幻的云影落入水中,象征诗人梦幻的破灭,是景语又是情语,新译说如梦的云彩从湖上升起,也可以象征诗人原来怀抱的梦想,后来的失望可以从后面的诗句中读到。所以译文总是有得有失的,问题是不能得不偿失,最好是得多于失,至少要能以得补失。有时难免患得患失,如"泽"字译成 lake 比译 river 好,这是有所得,但"波撼岳阳城"中的形象 shake(摇动),不如 shiver(颤抖),更符合诗人的心情,这又是有所失,如果用 lake 和 shiver,那两行诗不押韵,损失就更大了,所以得失问题需要研究,我的译文说明我的研究不够深入,这和雪莱的译者不是差不多吗?可见《论语》说的"见不贤而内自省也"很有道理。

话又要说回来,"见贤思齐"是做人的好办法、修身的好思想,但缺点是比较保守,造成了中国几千年来的保守哲学,缺少西方的创新精神,我在《联大与哈佛》一文中说到,现在谈创建世界一流大学的问题,而杨振宁认为,早在抗日战争时期的西南联合大学吸收中西文化之所长,已经达到了世界一流的水平,因为他在联大选读的《数论》,水平已经超过当时美国最好的大学。至于文科,我看联大中国文学系有朱自清的散文、闻一多的诗、沈从文的小说,中西比较文学有吴宓和钱锺书的理论和实践,都超过了当时哈佛的英美文学系和东亚文学系。至于学生,杨振宁当时就说过爱因斯坦的某篇论文缺少新意,数学系的王浩写过联大是谁也不怕谁的大学,中文系汪曾祺的老师甘拜下风,外文系的学生编译了哈佛教授编不出的诗词选集,可见联大不只见贤思齐,而是见贤思超了,如

何超呢？在翻译上就要创新，如"混太清"用 blend，"云梦"译成 dreaming cloud，"波撼"用了 shiver 等都是，可见创新就是超越。

（四）

贤与不贤的问题，如果进一步，就是君子与小人的问题，第四章第十六节："子曰：'君子喻于义，小人喻于利。'"这就是说，君子和小人，贤人和不贤的人之间的差别，主要是君子为义，小人为利，君子做事，要问是不是应该做；小人却只是看是不是对自己有利。西方人是如何理解"义"和"利"的呢？我们来看看韦利的译文：

> A gentleman takes as much trouble to discover what is right as baser men take to discover what will pay.

韦利认为：上等人费工夫去发现了什么是正确的，而下等人却费工夫去寻找有利可图的，把"义"理解为"正确的"，把"利"理解为"有利可图的"，都是很不错的，不过中文"义利"二字对称有韵，英译文中就看不出妙处了，可以考虑下列译文：

> A cultured man cares for what is proper and fit while an uncultured man cares for the profit.

新译把"君子"和"小人"说成是有没有文化的人，可以减少一点对下等人的轻视，根据"义者宜也"的古训，把"义"译成 proper（适当的）and fit（合适的），又把"利"译成 profit（利益），而后者恰巧是前者的头尾组成的，这也可以说是一个文字游戏了。

关于"义利"的矛盾，第四章第五节说过"富与贵，是人之所欲也，不以其道得之，不处也。"这句话把"利"具体化为"富与贵"，却把"义"抽象化为"道",说做官发财是大家都想的事,但是如果官商勾结,不走正道,即使发了大财,也是不可取的,是犯了罪的。这话简直预见到今天的贪污腐化了,现在看看理雅各是如何翻译的。

> Riches and honors are what men desire. If it cannot be obtained in the proper way, they should not be held.

译文没有什么问题,如果"贵"字带有贬义,可能更好,"道"和"义"倒有联系,可以略加改动如下:

> Riches and rank are what men desire. If they were obtained in an improper way, they should be relinguished.

富贵是人之所欲,古今中外都是一样,《元曲·塞儿令》中就说,"有钱时唤小哥,无钱也失人情。"(Rich, you are called dear brothers; Poor, you're despised by others.)美国更把 make money(赚钱)看作最重要的事,名位也是一样,但《论语》第四章第十四节却说:"不患无位,患所以立。不患莫己知,求为可知也。"这就是说:不怕没有名位,只怕不够称职;不怕人不知名,有实就有名了。译成英文:

> Be more concerned with your mission than with your position. Fear not to be unknown but to be unworthy of being known.

求实、称职,就是富贵之"道",前面说"人不知而不愠"是消极的,"求为可知",就是积极的人。

第五章

（一）

　　孔子有三千门弟子，七十二贤人，《论语》第五章中谈到的弟子很多，其中子路慷慨勇敢，颜回谦虚好学，子贡精明能干，宰予自由散漫，如第二十六节说："颜渊、季路侍。子曰：'盍各言尔志？'子路曰：'愿车马衣轻裘与朋友共，敝之而无憾。'颜渊曰：'愿无伐善，无施劳。'子路曰：'愿闻子之志。'子曰：'老者安之，朋友信之，少者怀之。'"这一段是学生陪老师谈话的记录，孔子要学生谈谈想做什么事，子路第一个开口说有车有马，春有衣，冬有裘，都愿意和朋友共用，用坏了也不在乎，这样慷慨大方，表现自己是个外向的人物。颜渊恰恰相反，非常内向，不喜欢在老师和朋友面前说自己的好话，也不愿意谈做过的好事，这和子路几乎是相反的，子路就问老师的想法，孔子说："我只希望老人能过靠得住的安稳生活，朋友能信任我，年轻人能怀念我，也就够了。"西方人是如何理解这段对话的呢？我们看看理雅各的译文：

Yan Yuan and Ji Lu were by his side, the Master said to them "Come, let each of you tell his wishes." Zi Lu said, "I should like, having chariots and horses, and light fur dresses, to share them with my friends, and though they should spoil them, I would not be displeased." Yan Yuan said, "I should like not to boast of my excellence, nor to make a display of my meritorious deeds." Zi Lu then said, "I should like sir, to hear your wishes." The Master said, "They are, in regard to the aged, to give them rest; in regard to friends, to show them sincerity; in regard to the young, to treat them tenderly."

译文问题不大,不过口气不大像是谈话,如子路的话里用了现在分词,"敝之"的译文用主动式不如用被动式。颜渊是个谦虚的人,"伐善"和"施劳"的译文却显得自视很高,孔子的话用了三个 in regard to(对于)来译,也不符合他言简意赅的风格,所以可以考虑改动一些译法:

The Master said to Yan Yuan and Zi Lu in attendance, "Will each of you tell me what you wish?" Zi Lu said, "I would have carriages and horses, clothes and fur dress to share with my friends till these things are outworn, and I would not care a bit." Yan Yuan said, "I would not show the good I have done nor the trouble I have taken for others." Zi Lu asked what the Master's wish was. The Master said, "I wish to be dependable for the old trustworthy for my friends and memorable for the young."

第五章

比较一下两种译文,可以看出"侍"字的新译比理雅各的译文更精确,理译只说在孔子的身旁,新译却有"陪同""随侍"的意思。"盍"字是"何不?""好不好?"的问话,理译是祈使句,是命令语气,不如新译用疑问口气更加婉转。虽然孔子是老师,对学生可以用命令口气,但孔子在第五章中谈到"仁"的时候,不说学生"不仁",只说"不知其仁",可见孔子说话比较客气,疑问句还是译得婉转些更好。"愿车马衣轻裘",据考证古本没有"轻"字,理译没有参考古本,虽然不能算错,但是不如"衣裘"和"车马"并列更好,"敝之"不是故意损坏,而是用坏了,所以新译更加恰当,"无憾"理译说是没有什么不高兴的,也不如新译说是"满不在乎"更能显出子路慷慨大方。颜渊的个性谦和,理译用了 excellence(超群出众的优点),meritorious deeds(功勋昭著的事迹),用词造句,都不符合颜渊的口气,不如新译说的"做好事""出力气"更能传达原文"伐善""施劳"的情意。最重要的是孔子的三句名言,理译除了重复"老者""少者""朋友"和代词之外,"安之"译成 rest,使人想到休息多于安稳,"信之"译成 sincerity 表示的是忠诚老实的品质,而不是叫人相信的本领,"怀之"译成副词 tenderly(温存体贴),说是慈爱地对待,三句话就不平衡。要用三个名词或者三个形容词,总是顾此失彼,只好在矮子中提将军,新译就选用了 dependable(靠得住),trustworthy(信得过)和 memorable(记得牢)或 unforgettable(忘不了),"怀之"又嫌译得太重,只能聊备一格了。

关于子路和颜渊,第五章还有评论,第七节说:"子曰:'道不行,乘桴浮于海。从我者其由与?'子路闻之喜。子曰:'由也,好勇过我,无所取材。'"这是孔子对子路的评价,如果孔子的礼乐之道行不通了,只好坐竹筏子到海上去,那时谁会跟着去呢?孔子说:

"恐怕只有子路吧。"子路听了很高兴,孔子就说:"子路比我勇敢,怎么去用他这样太勇敢的材料呢!"还有一种解释说子路不是可取之材,理雅各说子路不会取材,没判断力,威利说子路太勇敢,不是孔子认为可取之材,综合各家说法,现在翻译如下:

> The Master said, "If the truth I preach were not followed, I would float on the sea by a raft, who would then follow me but Zi Lu?" Zi Lu was glad at that, but the Master said, "Zi Lu is braver than I. What could I do with his bravery if it turned to be reckless?"

关于颜回,第九节中说:"回也闻一以知十"。这就是说,颜回只要听到一个问题是如何解决的,就可以推论如何解决十个问题。这句话也不好翻译,只能意译如下:

> For Yan Hui, the solution of one question may lead to that of ten.

这是孔子对学生最高的评价:子路好勇,颜回好学。孔子重文轻武,重学轻术,对中国文化产生了重要影响。

(二)

在孔子的三千门弟子中,第五章谈得最多的是子贡,如第四节说:"子贡问曰:'赐也何如?'子曰:'女器也'。"子贡问孔子:"您看我这个人怎么样?"孔子说:"你是一个祭神用的玉器。"这话是褒是贬?有人说是褒,因为祭神是神圣的,有人说是贬,因为"器"不过是装粮食的器具,也可以说是有褒有贬,褒则不如颜渊,贬又不如

子路,西方人是如何看的呢?我们看看理雅各的译文:

  Zi Gong asked,"What do you think of me, Ci?" The Master said,"You are a utensil.""What utensil?""A gemmed sacrificial utensil."(Waley:"A sacrificial vase of jade."Note: The highest sort of vessel.)

理雅各说"器"指用宝石镶嵌的祭祀用品,韦利说是祭祀的玉器,并且加注说明是最高级的用器,由此可见是褒多于贬,如果要用今天的话来说,也许可用"工具"二字,因为领导者往往需要下级做驯服的工具,但是译成英文不能用instrument,因为这个词不能用来指祭祀用品,所以不如用理雅各的译文。

  前面提到的颜渊时说:"回也闻一以知十",接着一句是子贡谈自己的"赐也闻一以知二。"这就是说,颜渊听到解决一个问题的方法,可以想到如何解决十个问题,而子贡只能想到如何解决两个问题,这就是子贡和颜渊之间的差距。

  子贡和子路之间有没有差距呢?第十四节说:"子路有闻,未之能行,唯恐有闻。"子路知道了如何解决一个问题,在付诸实践之前,不想再知道如何解决另外的问题,由此可见子路是实事求是,一板一眼,并不贪多求快的人。

  而子贡呢,在第十二节中"子贡曰:'我不欲人之加诸我也,吾亦欲无加诸人。'子曰:'赐也,非尔所及也。'"子贡对孔子说:"我不愿意别人勉强我去做什么事,所以我也不愿意勉强别人去做什么事。"孔子听了说道:"子贡啊,这恐怕不是你做得到的。"这就是说,孔子认为子贡言过其实,行落后于言,反而不如子路,说到就要做到,做不到就不要先说。我们现在看看理雅各对第十二节和第十四节的译文:

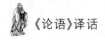

Section 14. When Zi Lu heard anything, if he had not yet carried it into practice, he was only afraid lest he should hear anything more.

Section 12. Zi Gong said, "What I do not wish men to do to me, I also wish not to do to others." The Master said, "Ci, you have not attained to that."

第十二节两个 to do to 可以改成 to force on。第十四节可以从正面说。

Section 14. Zi Lu would put into practice what he had learned, otherwise, he would not learn anything more.

第十五节说:"子贡问曰:'孔文子何以谓之"文"也?'子曰:'敏而好学,不耻下问,是以谓之"文"也。'"孔文子比孔子早死一两年,死后谥为"文子",子贡不理解他为什么能有这个封号,孔子就告诉他说,孔文子聪敏勤恳,又好学求知,不知道的东西就问,同时不管对方地位高低,并不觉得难为情,所以可以称为"文子"而受之无愧。这话是对子贡说的。子贡聪明能干,可是好学不如颜回,"回也闻一以知十,赐也闻一以知二。"所以孔子指出子贡的问题所在和努力的方向,由此可以看出孔子知人善任,因材施教,尤其是求知好学,一再提到。

第二十八节:"子曰:'十室之邑,必有忠信如丘者焉,不如丘之好学也。'"这是孔子自己说的话,哪怕是只有十户人家的小地方,也一定会有像我这样忠诚老实、靠得住、信得过的人,不过他们不一定有我这么好学而已。由此可见孔子多么重视好学求知,因为忠诚老实是先天的静态品质,而好学却是后天的动态行为,这两句

第五章

关于好学的话,理雅各和韦利是如何翻译的呢?

> Section 15. Zi Gong asked, "Why was Kong Wen Zi called *Wen* (*the Cultured*)?" The Master said, "Because he was diligent and so fond of learning that hs was not ashamed to pick up knowledge even from inferiors." (Waley)

> Section 28. In a hamlet of ten families, there may be found one sincere and honorable as I am, but not so fond of learning. (Legge)

从孔子对自己和对学生的评论,可以看出他对好学的重视。他认为自己与众不同之处就是好学,他最欣赏的学生颜回优于其他学生的地方也是好学,他认为好勇的子路和能干的子贡美中不足之处,也是"知"落后于"行",这对后世留下了重文轻武、重学轻术、重政治轻经济、爱和平反战争的影响。

他的政治理想是行"仁政":"老者安之,朋友信之,少者怀之"而他的弟子很少能达到这个要求,所以第八节说:"孟武伯问;'子路仁乎?'子曰:'不知也。'又问。子曰:'由也,千乘之国,可使治其赋也,不知其仁也。'"这就是说,子路可以在一千辆兵车的国家负责军政,但不一定能使老者安,朋友信,少者怀之。

第二十一节:"子曰:'宁武子,邦有道,则知;邦无道,则愚。其知可及也,其愚不可及也。'"这就是说,宁武子在国家政治清明的时候,他敢说敢当,在政治黑暗的时候,他却装聋卖傻。敢说敢当,别人也学得到;装聋卖傻,别人就学不到了,这句可以翻译如下:

> Ning Wu Zi showed wisdom when the country was well governed, but pretended to be dull when it was ill governed,

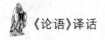《论语》译话

His wisdom may be equaled, but not dullness.

孔子关于"仁政"的话,今天还有参考价值,关于"愚不可及"的意见,却不可取,因为容忍黑暗,就不可能行"仁政"了。

第六章

（一）

第五章谈到孔子最欣赏的弟子颜回,说他"闻一以知十",可见他的才。第六章更进一步,谈到他的德,如第三节:"哀公问:'弟子孰为好学?'孔子对曰:'有颜回者好学,不迁怒,不贰过。不幸短命死矣。今也则亡,未闻好学者也。'""不迁怒"是说不承认自己有错误,反而大发脾气,责怪别人;"不贰过"是说不再犯自己犯过的错误,这两个都不是"才"而是"德"的问题,可见孔子这里赞美的"好学",主要是指"德",所以才说颜回死后,没有哪个弟子像他那样好学了,我们看看理雅各的译文:

The prince Ai asked which of the disciples loved to learn. Confucius replied to him, "There was Yan Hui. He loved to learn. He did not transfer his anger, he did not repeat a fault. Unfortunately, his appointed time was short and he died; and now there is not *such another*, I have not yet heard of any one who loves to learn *as he did*."

《论语》译话

"好学"译成 love to learn 未免一般,可能使人误解孔门弟子都不好学,不如译成 eager to learn,表示只是程度不同,不如颜回那样好学罢了。"不迁怒"的译文 transfer his anger 也太一般,anger 只是表层形式,深层内容是自己错了反怪别人,所以不如改为:shift the blame."不贰过"的译文 repeat a fault 也可以明确化为 make the same mistake."短命"的译文 his appointed time 又太具体,仿佛真是命定如此,其实内容只是 died early(早死),最后的斜体译文加得很好,说明"未闻好学者"只是不如颜回好学而已。"不迁怒""不贰过"对中国知识分子来说很重要,对领导者来说更重要,可以应用于"治国平天下"。

关于颜回的德,第十一节又说:"子曰:'贤哉,回也!一箪食,一瓢饮,在陋巷,人不堪其忧,回也不改其乐。贤哉,回也!'"这是孔子赞美颜回的话,说颜回吃的是粗茶淡饭,住的是陋巷茅屋,别人觉得他苦,他却自得其乐,真是个贤人啊!关于忧,《韩诗外传》中说:"君子有三忧:弗知,可无忧与?知而不学,可无忧与?学而不行,可无忧与?"可见学而知,知而行,就可以乐而忘忧了,这说明了颜回好学,乐可忘忧的道理,现在看看韦利是如何翻译的。

> Incomparable indeed was Hui! A handful of rice to eat, a gourdful of water to drink, living in a mean street, others would have found it unendurably depressing, but to Hui's cheerfulness it made no difference at all. Incomparable indeed was Hui!

第七节还说:"子曰:'回也,其心三月不违仁,其余则日月至焉而已矣。'"这是孔子对颜回评论的总结,说他可以一连几个月没有什么私心杂念,而别的学生能够一天或者一个月不为自己打算,就算不错了,这说明了好学和做人的关系,好学是为求知,做人却是求仁,"知"是手段,"仁"是目的。现在看看韦利对这句总结的译文:

> Hui is capable of occupying his whole mind for three months on end with no thought but that of Goodness. The others can do so, some for a day, some even for a month, but that is all. (Note: The Taoists claimed Yan Hui as an exponent of "sitting with blank mind".)

这里"三月"直译为三个月,有人认为是长期的意思,所以也可译为一连几个月。"仁"字最不好译,韦利用了大写的 Goodness. 理雅各译成 perfect virtue(完美的道德),还可译为 humanism(人本主义),没有一个可以对等,甚至不妨创造一个新词 manship,或者根据具体情况,同词异译。韦利加了一个注解,说颜回是"坐忘"的样品,就是用注解来说明"仁"的意义。

至于"知"和"仁"的关系,第二十三节:"子曰:'知者乐水,仁者乐山。知者动,仁者静。知者乐,仁者寿。'"其实,"知"和"仁"也是真和善的关系。求真的人喜欢水,求善的人喜欢山;水有流动之美,山有静穆之美;水象征幸福,山象征永恒。从知者到仁者,就是对真善美的追求,对永恒幸福的追求。现在看看韦利的译文:

> The wise man delights in water, the Good man delights in mountains. For the wise move, but the Good stay still. The wise are happy, but the Good, secure.

理雅各用 find pleasure 和 joyful 译"乐",不如韦利;但用 tranquil 译"静",用 long-lived 译"寿",却比 still 和 secure 好一点。

至于"知"和"乐"的关系。第二十节有重要的说明:"子曰:'知之者不如好之者,好之者不如乐之者。'"朱熹《论语集注》中"尹氏曰:'知之者,知有此道也。好之者,好而未得也。乐之者,有所得而乐之也。'"在我看来知之者求真,好之者求善,乐之者求美,求真求善都有客观需要,求美却是主观精神的表现,所以高于求真求善。理雅各的译文是:

> They who know *the truth* are not equal to those who love it, and they who love it are not equal to those who find pleasure in it.

译文加了 the truth(真理、道理、道)一词,加得不错,但"不如"和"乐之"译得都有改进余地,可以考虑以下译文。

1. To know the truth is good, to love it is better, to delight in it is best.

2. To understand is good, to enjoy is better and to delight is best.

"仁"是"知"的目的,"乐"是"仁"的目的,是人生哲学的最高境界。

孔子说:"知之者不如好之者,好之者不如乐之者。"这个"者"字是什么意思呢?理雅各理解为"知道真理的人""热爱真理的人""乐于求真的人",非常具体,但从《论语集注》看来,"知之者,知有此道也。"只说"知之"就是知道有这个道理,"好之"就是喜欢学道,但还没有得道,"乐之"却是得道之后感到愉快。三句中的"者"字都是虚词,并不指具体的人。第一种新译基本上是这样理解的。第二种新译却没有说出"道"字,那内容就更广泛了,几乎等于说:能理解就好,能喜欢更好,能感到乐趣最好。这句话应用的范围更

第六章

大。如果应用到文学翻译上,可以说:能使读者理解的是好译文;能使读者不但理解,而且还能喜欢,那就更好;如果能使读者理解并且感到乐趣,那就是最好的译文了。这是从读者的观点来评论文学翻译的三步:知之求真,是第一步;好之求善,是第二步;乐之求美,是第三步。总而言之,评论文学翻译的标准是"真善美",求真求善求美就是文学翻译的目的,知之、好之、乐之是文学翻译的目的论,可以用来检验文学翻译的成果——译文。第一步检验"真",问译文是不是忠实?但忠实并不限于原文的表层结构,还要忠于原文所表达的深层内容;第二步检验"善",问译文能不能使读者喜欢?第三步检验"美",问译文能不能使读者感到乐趣?乐是文学翻译能使读者达到的最高境界。

要使读者感到乐趣,首先需要译者自得其乐。但是最近在报上读到一篇谈翻译窍门的文章说:"学外语没有什么万能的窍门,俗语说:'书山有路勤为径,学海无涯苦作舟。'这就是窍门。"似乎是说,学外语、学翻译的窍门只是勤学苦练。这和译者要"自得其乐"是不是有矛盾呢?我看如果感到学习是苦差事,那是不会出成绩的。只有感到乐趣或有兴趣,译文才能更接近真善美,唐代诗人李商隐的《无题》诗是难以理解,读者引以为苦的,不少人都读不懂,更不要说翻译了。英国伦敦大学有一个格雷厄姆(Graham)教授在他译的《晚唐诗选》序言中说:"不能让中国人翻译唐诗。"可见他认为唐诗多么难,翻译又多么苦。他译的李商隐《无题》诗中有两句:

金蟾啮锁烧香入; 玉虎牵丝汲井回。

这诗讲的是诗人和情人的约会,金蛤蟆是情人门锁上的装饰品,啮锁就是咬住了锁,关上了门,烧香是唐代早晚祭天地的风俗。"入"

的主语是诗人,第一句全句说晚上关门烧香的时候,诗人赴约会来了。第二句的"玉虎"是辘轳上的装饰品,"牵丝"是用井绳打水,不说"绳"而说"丝",因为"丝"和"相思"的"思"同音,而第一句"烧香"中的"香"又和"相思"中的"相"同音,所以"香丝"就是暗示诗人赴情人"相思"的约会来了,"汲井"是打上井水,"回"的主语也是诗人,第二句全句说早晨辘轳上的井绳打起井水的时候,诗人离开情人回家了。格雷厄姆是怎样翻译的?请看下文:

> A gold toad gnaws the lock. Open it, burn the incense.
> A tiger of jade pulls the rope. Draw from the well and escape.

译文还原大约是说:金蛤蟆咬住锁,开锁烧香罢,玉老虎拉井绳,拉上水逃走吧。这个译文译的只是表层结构,而且还有错误,如咬锁应用 gnaws at,是咬住锁而不是咬坏锁的意思,"开锁"不知从何而来,"逃走"更不知所云,所以译文不能使人知之,更不要说好之乐之了,而他不让翻译唐诗的中国人的译文却是:

> When doors were closed and incense burnt, I came to you;
> When water's drawn up from the well, we said adieu.

这个译文虽然没有译"金蟾""玉虎"等表层结构的词,却译出了原诗的深层内容,说关门烧香的时候,我赴你的约会来了;从井里打上井水的时候,我们又分别了。译文至少可以使读者知之,具有意美,达到了求真第一步。原诗每句七字,译文每行十二个音节,而格译却第一行十三个音节,第二行十五个,没有传达原诗的形美,不如新译形式整齐,接近使人好之的第二步。最后,新译是六音步抑扬格的诗行,行末有韵,符合英诗格律,比格译更富有音美,更接

第六章

近使人乐之的第三步。比较译文之后,可以说格雷厄姆教授根本不能译唐诗,但《从文学翻译到翻译文学》一书中居然认为新译把格译改坏了。可见只知表层结构,不知深层内容,判断就不正确。

深层内容和表层结构的关系,有点像《论语》中"质"和"文"的关系。第六章第十八节:"子曰:'质胜文则野,文胜质则史。文质彬彬,然后君子。'"这里的"文"是文雅,"质"却是质朴。全句说:朴实而不文雅的人,看起来就有点粗野;文雅而不质朴的人,又有一点儿脱离现实。只有既文雅又朴实的人,而且彬彬有礼,才是一个君子。至于英译,我们看看韦利的译文:

> When natural substance prevails over ornamentation (i.e. when nature prevails over culture), you get the boorishness of the rustic. When ornamentation prevails over natural substance, you get the pedantry of the scribe. Only when ornament and substance are duly blended do you get the true gentleman.

译文还原大致是说自然的本质超过华丽的装饰(即自然超过文化),你得到的是乡下人的粗野;装饰超过自然的本质,你得到的是文书的浮夸卖弄。只有装饰和本质适当地配合起来,你才能看到一个真正的文化人。这个译文未免太"文胜质",太重表层结构,如要"文质彬彬",其实深层内容只是:

> More natural than cultured, one would appear rustic; more cultured than natural, one would appear artificial. An intelligentleman should be natural as well as cultured.

表层结构只能使人知之,深层内容才能使人好之,甚至乐之。

第七章

（一）

第七章谈到孔子的为人。第十九节说:"叶公问孔子于子路。子路不对。子曰:'女奚不曰:其为人也,发愤忘食,乐以忘忧,不知老之将至云尔。'"叶公问子路:"孔子是个怎样的人?"子路不知如何回答是好,孔子就对子路说:"你为什么不告诉他:我这个人,用起功来就会忘记吃饭,快活起来就会忘记忧愁,甚至不知道快要老了?我也就不过这样吧。"这句话简单生动,理雅各的译文是:

The Duke of She asked Zi Lu about Confucius, and Zi Lu did not answer him. The Master said, "Why did you not say to him,—He is simply a man, who in his eager pursuit of knowledge forgets his food, who in the joy of its attainment forgets his sorrow and who does not perceive that old age is coming on?"

这个译文前半段没有太大问题,后半段似乎太"质胜文",

第七章

没有译出"发愤忘食,乐以忘忧"的对称美,可以改译如下:

> I am simply a man who forgets his hunger while thirsty for knowledge and forgets his sorrow while drowned in delight.

这样 hunger(饥)和 thirst(渴),sorrow(忧)和 delight(乐)更加平衡,沉浸在欢乐中就更形象化,更加"文质彬彬"了。

孔子的话言简意赅,第七章中还有补充,如第一节说:"子曰:'述而不作,信而好古,窃比于我老彭。'"这是孔子自谦之词,说自己只是讲前人讲过的话,并没有什么创新,至于老彭是什么人,有各种说法,有人说是老子,有人说是老子和彭祖两人,我们看看理雅各的译文:

> A transmitter and not a maker, believing in and loving the ancients. I venture to compare myself with our old Peng.

理雅各说孔子是个承上启下的传承人物,而不是一个做了什么大事的人。相信古人,喜欢古人,并且把老彭看作一个商朝人。他的译文还是略输文采,可以改译如下:

> l narrate, but not create. I believe and delight in the ancients, make bold to compare myself to the Old Master.

"述而不作"中的两个动词对称,理雅各译成两个名词:transmitter 太长,有三个音节,maker 又太短,只有两个,读起来不平衡,不如译成两个动词 narrate(叙述)和 create(创造),都是两个音节,而且结尾都是 -ate 押韵,具有音美形美。"信而好古"中的两个动词也对称,理雅各用的两个动词,一个及物,一个不及物。不如译成

believe in 和 delight in,两个动词都不及物,共用一个介词,读起来就平衡了。"窃"比老彭。老彭应该是个名人,彭祖只是长寿,商朝人并不出名,所以还是译成老子好些。

至于"述而不作",有人认为孔子是既述又作的。因为下面第二十八节中说:"盖有不知而作之者,我无是也。"说明孔子"不作",是指"不知而作",如果"知",那就未必"不作"。《论语今读》第188页上说:"实际上孔子是'既述又作'。'述'者'礼'也;'作'者'仁'也。'作'是为了'述',结果却超出了'述'。""礼"指的是礼仪、规矩、秩序,"仁"指的是做人的道理,也就是人生哲学。孔子本来是说做人要守规矩,结果他讲的礼仪,现在已经没有多大用处,但是他讲的人生哲学,现在还有半部《论语》可以治天下。这就说明了他是"既述又作",而且"作"超过了"述"的。应用到文学翻译上来,可以说有时"创译"(作)是要超过"对等翻译"(述)的,严格说来,中文和英文之间可以对等翻译的部分不多,就以"述而不作"为例,"述"的对等词到底是 transmit 还是 narrate?"作"的对等词到底是 make 还是 create? 这又牵涉"述"的中文意思是叙述还是传承?"作"的意思是制作还是创作? 理解不同,翻译自然不同。到底谁的理解正确? 如能得到共识自然更好。如果不能,恐怕只好仁者见仁,智者见智了。还有理解有个时代问题,当时如何理解? 今天如何理解? 例如"礼"字,孔子时代自然理解为周礼。但是到了两千五百年后,理解周礼的意义已经不大,而《礼记》中的"大道之行也,天下为公。选贤与能,讲信修睦。"直到今天,还是"治国平天下"的大道理。现在天下之乱,主要原因是各国为了私利,以强凌弱,借口自由、民主、人权,实际上顺我者就可有核武器,逆我者就不行,这样天下怎能太平? 所以目前世界上需要东方的和谐哲学

第七章

取代西方的霸权政治。学习中国古代文化,主要也是古为今用,因此联系到《论语》的翻译,重要的不是当时孔子说话的意义,而是对今天的世界能起什么作用。这样文化交流才能实现全世界共同进步、共同提高。

"发愤忘食,乐以忘忧""述而不作,信而好古"是孔子为人为学的正面表现,至于反面呢?第三节:"子曰:'德之不修,学之不讲,闻义不能徙,不善不能改,是吾忧也。'"这就是说,孔子忧虑的,是做人不进行道德的修养,做学问不实践不传承,听到应该做的事不去做,见到做错了的事不去纠正。换句话说,一个人道德要修养,学问要传承,该做的就做,做错了就改。理雅各如何翻译这四点呢?

> The learning virtue without proper cultivation, the not thoroughly discussing what is learned, not being able to move towards righteousness of which a knowledge is gained, and not being able to change what is not good, these are the things which occasion me solicitude.

这样翻译表层结构的文字怎能为人接受?怎能进行交流?为了文化进步,孔子说的"信而好古"也要古为今用,这四点可以简化如下:

> Virtue uncultivated, knowledge unpropagated, the right undone and the wrong unrighted, these are my worries.

(二)

据《朝鲜日报》报道,中国在政治实力、文化实力、社会资本实

《论语》译话

力等三个软件领域排名世界第一,综合国力排名第二。政治实力可能是指中国式的社会主义模式,文化实力就应该包括孔子和老子等的传统文化思想了,关于孔子的文化思想,《论语》第七章第六节说:"子曰:'志于道,据于德,依于仁,游于艺。'"未来的目标是"道",什么"道"呢?大约是修身齐家,治国平天下的"大道",过去的基础是"德",可能是指社会的公共道德。现在依靠的是"仁",也就是人之所以为人的个人品德。"游于艺"呢?"艺"指"礼乐射御书数"六艺,是古代的六门学科,到了今天,"礼"可以包括"国际关系"等社会科学,"乐"可以包括音乐文化等人文学科。"射"由射箭进化为发射火箭,"御"由驾车骑马进化为人造卫星,"书"由文字发展为数码科学,"数"由看相算命发展为未来学。而"游"则指人如游鱼得水,自由活动于自然科学、社会科学、人文学科之间。由此可以看出孔子思想对今天文化实力的影响。韦利对第六节的译文是:

> Set your heart upon the Way, support yourself by its power, lean upon Goodness, seek distraction in the arts.

译文还原成中文大约是:把你的心放在"道"上,用它的力量来支持你,依靠"仁道"(或"善")在艺术中寻求消遣。这个译文似乎不够明确,理雅各的译文可能好些:

> Let the will be set on the path of duty. Let every attainment in what is good be firmly grasped. Let perfect virtue be accorded with. Let relaxation and enjoyment be found in the polite arts.

理雅各把"道"理解为"责任之道"或"责任的道路",把"据于德"理解为"紧紧掌握一切好的成就",把"依于仁"理解为"与完善的道德保持一致",把"游于艺"理解为"在彬彬有礼的艺术中寻找消遣和娱乐"。译文使人知之的内容比韦利多了,字数也多了,但是不是孔子的原意?似乎还可以研究,试看下列新译:

> Aim at truth, depend on virtue, rely on the good and delight in the arts.

新译除了两个冠词以外,几乎和原文完全一致,仅以形美而论,可算胜过前译。至于意美,把"道"理解为"道理"或"真理",恐怕不比前两人差;但把"据"理解为"依靠",不如改为"根据"(be based on),但那又要增加字数,意美虽有所得,形美却有所失,到底是得多于失,还是得不偿失?就可以研究了。最后"游于艺"说是从艺术中得到乐趣,那就比前两译略胜一筹。《论语今读》认为这是孔子的教学总纲。我看那就是说"道"或"真"或哲学是教学的目标,"德"或"善"或社会科学是教学的基础,"仁"或人文学科是教学的总内容。"艺"或"美"是"仁"的外化,是分门别类的教学内容。

如果说孔子的教学内容主要是人生哲学(道)、社会科学(德)、人文学科(仁),还有一点自然科学(艺),那么,它的教学方法呢?第八节说:"不愤不启,不悱不发,举一隅不以三隅反,则不复也。"可见孔子的教学法主要是启发式。"不愤不启"是说如果学生不发愤求学,老师就不打开知识之门;"不悱不发"是说如果学生不是有问题不能解决,老师就不发动他去思考,"一隅"是说方桌的一个角,如果老师告诉学生方桌一个角的样子,学生推断不出其他三个角是怎样的,老师就不必翻来覆去地讲解了,由此可见孔子如何启发学生的积极性、主动性,讲解不求全面,理论不求系统,却要结合实际,并且要求学生能够举一反三。这就构成了与西方不同的理

《论语》译话

论体系。我们看看西方人是如何翻译第八节的：

1. I do not open up the truth to one who is not eager to *get knowledge*, nor help out any one who is not anxious to explain himself. When I have presented one corner of a subject to any one and he cannot from it learn the other three, I do not repeat my lesson. (Legge)

2. Only one who bursts with eagerness do I instruct, only one who bubbles with excitement do I enlighten. If I hold up one corner and a man cannot come back to me with the other three, I do not continue the lesson. (Waley)

比较一下两种译文，可以说理雅各译的"不愤不启"更加忠实于原文的内容，韦利更忠实于原文的形式，但理雅各把"不发"理解为"解释自己"，似乎不是原意。两人译的"举一反三"，如果不加注解，都不容易理解。所以可以取长补短，改译如下：

I will not open the way to those who are not eager to learn, nor enlighten those who are not anxious to discover. If I show a man one corner of the table and he cannot infer the other three, I will not repeat the lesson.

孔子"举一反三"的启发式教学法后来形成了中国学派的方法论。和西方学派大不相同，西方学派更重理论系统、概念定义，中国传统却更重感性知识、理性推论，不重定义，不求全面，而重实际，具体问题具体解决。第六章第二十二节是一个例子。"樊迟问知。子曰：'务民之义，敬鬼神而远之，可谓知矣。'问仁。曰：'仁者先难而后获，可谓仁矣。'"孔门弟子樊迟问什么是"知"，怎样才算有

第七章

"知"？孔子并不给"知"下定义，只是回答说："对人民做应该做的事，对鬼神要尊敬，但是也要保持距离，不可不信，也不可以像相信人一样相信鬼神，这就可以算是有'知'了。"樊迟又问什么是"仁"？孔子也没有给"仁"下定义，只是回答说："看见困难先上，然后考虑报酬，甚至不问报酬，这就可以算是'仁'了。"这样不空谈理论，只用感性知识来解决问题，就是孔子"举一反三"的方法论。

第六章第二十二节如何翻译？我们可以看看韦利和理雅各的译文。

> Fan Chi asked about wisdom. The Master said,"He who devotes himself to securing for his subjects what it is right they should have, who by respect for the Spirits keeps them at a distance,may be termed wise."(Waley)

> He asked about perfect virtue. The Master said,"The Man of virtue makes the difficulty to be overcome his first business, and success only a subsequent consideration:—this may be called perfect virtue."(Legge)

韦利是从领导者的角度来说的，他认为全心全意保证人民得到他们所应该得到的，由于尊重鬼神而对鬼神保持距离，就可算是有智慧。理雅各把"仁"说成完美的道德，他认为仁人或有德之士把克服困难当作首要任务，而把成败得失只看作次要考虑的事情，这就可以说是完美的道德。他们都没有给"知"和"仁"下定义，只是说明如何对人民、对鬼神，就有智慧；如何对困难、对成败，就有道德。这说明了孔子教学的启发式，解释理论的方法，也可以算是解决问题的方法论。

这种解决问题的方法在《论语》中例子很多。上面的例子是从正面说明"知"和"仁"的,从反面谈"仁"的如第五章第八节:"孟武伯问:'子路仁乎?'子曰:'不知也。'又问。子曰:'由也,千乘之国,可使治其赋也,不知其仁也。''求也何如?'子曰:'求也,千室之邑,百乘之家,可使为之宰也,不知其仁也。''赤也何如?'子曰:'赤也,束带立于朝,可使与宾客言也,不知其仁也。'"孟武伯问孔门弟子中谁是仁人、谁是人才、谁是人中人、谁是人上人?孔子回答说子路、冉求、公孙赤都不是仁人或人上人,子路只能在有一千辆兵车的国家管理军政,冉求能在有一千户人家的采邑做官或在一千辆兵车的大夫封地当总管,公孙赤能穿上礼服,在外交场合接待宾客,他们都是人才,但不能算仁人或人上人。这就从反面回答了什么不能算"仁",说明了"仁人"和人才的区别。说明孔子的方法能知人善任,能解决问题。

孔子对"仁"的要求很高,如第七章第三十四节:"子曰:'若圣与仁,则吾岂敢?抑为之不厌,诲人不倦,则可谓云尔已矣。'"孔子说:"如果说我是仁人,甚至说是圣人,那我是不敢当的。我不过是做起事来不感到厌烦,教起学来不觉得疲倦而已。"但是《孟子》转载子贡的话说:"学不厌,知也;诲不倦,仁也;仁且知,夫子既圣矣。"可见孔子是自谦的说法,《孟子》就发展了孔子的谦词,说学习不厌烦,那就是知;教学不疲倦,那就是仁;既知又仁,孔子真是个圣人了。孟子也没有给"仁""知""圣"下定义,只是继承和发展了孔子的思想,这样就逐渐形成了孔子思想的方法论。

(三)

第七章第二十一节很简短,但是也很重要,说的是:"子不语:

第七章

怪、力、乱、神。"孔子不谈论四类事情：怪事、暴力、叛乱、鬼神。为什么？朱熹《论语集注》"谢氏曰：'圣人语常而不语怪，语德而不语力，语治而不语乱，语人而不语神。'"这个注解从反面说明了孔子思想的重要性，也指出了一定的局限性。孔子谈论日常发生的事情，所以他说的话非常实用，但是他不谈新鲜的怪事，这就不能培养人的好奇心，限制了创新精神。他谈论道德而不谈暴力，这有利于修身养性，但可能不利于勇敢精神的发展。他谈论政治，但反对叛乱，这有利于天下有道的太平盛世，但不利于天下无道的乱世或新生力量的革命精神，所以五四运动和"文化大革命"都提出过反对孔子思想的口号。他谈论人而不谈神，使中国比西方更早走出神权统治时代，建立人的统治，而没有宗教战争；在西方宗教提出圣父、圣子、圣灵"三位一体"的时代，中国却要建设天时、地利、人和"天人合一""和为贵"的和谐社会，这是中西发展历史不同的大问题，现在看看西方人是如何翻译"子不语"的，理雅各的译文如下：

> The subjects on which the Master did not talk were—extraordinary things, feats of strength, disorder and spiritual beings.

"怪、力、乱、神"四个字的译法都可以研究，"怪"字译成 extraordinary（异常的、非凡的、特别的）虽然不错，但这个词褒多于贬，那对孔子就是贬多于褒了，所以不如用 strange（奇怪的）、monstrous（稀奇古怪的、怪得吓人的），monstrosity（同前）等贬多于褒的词。"力"字译成 feats of strength（武功）也是一样，不如改用 violence（暴力）。"乱"字译成 disorder（无秩序、混乱）也不恰当，没有叛乱的意思，不是"治"的对立面，不如 revolt（造反）。rebellion

75

(叛乱),或 disturbance(动乱、骚乱)也比无秩序好一点。"神"的译文 spiritual beings 宗教气味稍浓,不如改为异教徒的"神"deity 或 divinity,可以减轻一点基督教的色彩。下面举些例子,也许更容易说明问题。

第七章第十一节:"子谓颜渊曰:'用之则行,舍之则藏,惟我与尔有是夫!'子路曰:'子行三军,则谁与?'子曰:'暴虎冯河,死而无悔者,吾不与也。必也临事而惧,好谋而成者也。'"这是孔子和他的弟子颜渊和子路的谈话。孔子对颜渊说:"如果有人用我们,我们就干起来;如果没有人用,我们就洁身自好。这只有你和我做得到吧。"子路听了就问:"如果带兵打仗,你用谁呢?"孔子说:"赤手空拳去打老虎,赤脚不坐船要过河,死了也不后悔的人,我是不会用的,我只用做事怕出娄子,事先准备周到,结果又能成功的人。""赤脚不坐船要过河"这是怪事,但是不能说是 extraordinary thing,只能算是 strange;赤手空拳去打老虎只是白送性命,不能算是 feats of strength(武功),这就是孔子不谈的"怪"和"力"。

至于"乱"呢,《论语》第一章第二节中说:"不好犯上,而好作乱者,未之有也。"理雅各的译文是:

> There have been none, who, not liking to offend against their superiors, have been fond of stirring up confusion. (Legge)

他把"犯上"译成 offend against their superiors(冒犯上级),把"作乱"译为 stir up confusion(造成混乱),后者可能轻了一点,韦利把"犯上"译为 resist the authority of their superiors(抵制上级的权威),把"作乱"说成 start a revolution(发动革命),后者可能又重了一点,不如用 revolt 或 rebellion 更加恰当。

第七章

至于"神"字,除了第六章第二十二节说的"敬鬼神而远之"以外,第三章第十二节还有"祭神如神在"。意思是说祭祀鬼神的时候,仿佛鬼神真在那里,至于是不是真在那里,却不一定,可能在,也可能不在,这是孔子敬鬼神和西方敬上帝不同的一点,西方人向上帝祈祷,是相信上帝存在的,是祈神"信"神在,而不是祈祷"如"神在,这就是孔子和西方人对神的态度不同之处,至于翻译,理雅各和韦利的译文差不多,韦利译成:

> One should sacrifice to a spirit as though that spirit was present.

spirit 表达对神的敬意不如 deity 或 divinity,如果用动词来比较,那 spiritualize 只是"精神化",deify 却是"神化",区别就更加明显了。

关于向神祈祷的问题,第七章第三十五节说:"子疾病,子路请祷。子曰:'有诸?'子路对曰;'有之。诔曰:"祷尔于上下神祇。"'子曰:'丘之祷久矣。'"孔子病重,子路请求孔子祷告。孔子问:"有根据吗?"子路说有,古代文献上说:"要向天神地神祷告。"孔子说:"那我早就祷告过了。"理雅各的译文是:

> The Master being very sick, Zi Lu asked leave to pray for him. He said, "May such a thing be done?" Zi Lu replied, "It may. In the *Prayers* it is said, 'Prayer has been made to the spirits of the upper and lower worlds.'" The Master said, "My praying has been for a long time."

《论语今读》中说:"孔子之于子路,不直拒之,而但告以无所是祷之意。""孔子言'天'言'命'而不言'祷',颇不同于诸多宗教,不去刻意请求上帝鬼神的特别保护和帮助。尽伦尽责也就心安理得,即使功败垂成,也无可追悔怨恨。'尽人事而听天命。'"这就说明了孔子思想和西方宗教不同之处。西方人信宗教,而《圣经》中说上帝禁止人吃智慧之果,人类祖先违反了上帝的禁令,吃了"禁果",犯下了"原罪",被赶出了乐园,所以西方信教的人,一生都有"罪感",但吃"禁果"的好处是有了反抗精神,有与天斗争的智慧,造成了今天的科学文明,中国儒家却有"学而时习之"的"乐感",有乐天知命的"用之则行,舍之则藏"的保守思想,结果反落后了。

关于"禁果"的问题,比较一下中西文化的传统,也许有助于对中西文化的了解。早在希腊《荷马史诗》之中,智慧女神就对特洛亚王子说,如果他选她为最美丽的天仙,她就给他一个智慧之果,使他成为世界上最聪明的王子,但是文艺女神也要竞选最美丽的天仙,她答应给王子世界上最美丽的女子,结果王子爱美甚于爱智,选择了美丽的海伦。但海伦是希腊的王妃,于是爆发了历史上著名的特洛亚战争,最后以希腊的胜利结束。这个故事说明了几个问题:一个是禁果引发了爱智与爱美的矛盾,最初爱美胜过爱智,最后爱智取得胜利,这说明了西方爱真(智)胜过爱美,而爱真是科学文明的根源。第二是真和美的矛盾没有和平解决,而是引发了战争,这说明了西方帝国主义后来争夺财富的根源。第三是战争中出现了刀枪不入的英雄,这是怪事;有杀人如麻的好汉,这是暴力;有抢夺美人的贵族,这是混乱;有虚荣心重的女神,这是神仙。总而言之,怪力乱神,无奇不有。

和希腊《荷马史诗》差不多同时代的中国《诗经》中有一首《摽有梅》,讲的不是禁果,而是落地的梅子,全诗三段如后:"摽有梅,其实七兮。求我庶士,迨其吉兮。/摽有梅,其实三兮。求我庶士,迨其今兮。/摽有梅,顷筐塈之。求我庶士,迨其谓兮。"这是一首

第七章

少女唱的情歌。她看见树梢上的梅子一天一天成熟,一天一天落地。由十之七八落得只剩下十之二三,最后完全落光,收到篮子里去了,她仿佛看到自己的青春消逝,于是希望追求自己的青年男子抓紧时间,选个良辰吉日。或者就在当天,甚至不妨立刻开口求婚,不要等到"无花空折枝"。这是一首"天人合一"的情诗,天然的梅子成熟了需要采摘,人间的少女也要顺应自然,及时婚配。爱真和爱美没有矛盾,是统一的,诗中的青年男女都是普通人,梅子落地也不是怪事,求婚不需要用暴力,也不会造成混乱。总而言之,怪力乱神,都不沾边,这就可以看出孔子爱好和平,反对战乱的思想。

孔子赞美的不是英雄美人,而是普通人的幸福快乐。如何在平常的生活中得到幸福"乐感"呢?第七章第十六节举例说:"饭疏食饮水,曲肱而枕之,乐亦在其中矣。不义而富且贵,于我如浮云。"这就是说,粗茶淡饭,拿胳膊作枕头,其中自有乐趣。来路不正的富贵就像飘来浮去的云彩,和我有什么相干?这句可以翻译如下:

> There is delight in plain food and water while pillowing the head on the arm. What is the use of ill-gotten wealth and rank? I would keep them far away as floating cloud.

孔子这种安贫乐道,"用之则行,舍之则藏"的思想,造成了中国封建社会的太平盛世,但不利于创新精神的发挥。而西方资本主义社会为了金钱可以无所不为,带来了发达的科学文明,但也造成了全球的经济危机。所以东西方应该取长补短,共同建设新世界。

第八章

（一）

第八章第八节："子曰：'兴于诗，立于礼，成于乐。'"这句简短的话总结了诗和礼乐的关系，但是解释并不一致。第一，诗是指狭义的《诗经》还是指广义的诗？兴是指感兴、兴感、启发、想象、联想，还是见景生情？第二，礼是指狭义的周礼还是广义的礼仪、规矩？立是成家立业的"立"，还是独立自主、立住脚跟的意思？第三，乐是指音乐还是乐感？成是成家立业的"成"，还是功成名就的意思？可能各有各的见解。我们先看看西方人是如何翻译的。

1. It is by the Odes that the mind is aroused. It is by the Rules of Propriety that the character is established. It is from Music that the finish is received. (Legge)

2. Let a man be first incited by the *Songs*, then given a firm footing by the study of ritual, and finally perfected by music. (Waley)

第八章

两人都把"诗"理解为《诗经》,"礼"理解为礼仪的规则或学习礼仪,"乐"都理解为音乐。理雅各说诗能唤醒心灵,礼能形成性格,乐是画龙点睛。韦利说诗要激励人,学礼要人站稳脚跟,音乐要人完美。两人各有各的道理,但是不是符合孔子的思想呢?

《论语》第十七章第九节说:"诗,可以兴,可以观,可以群,可以怨。"这就是说,诗可以培养联想力,提高观察力,锻炼合作精神,表达不满情绪。所以理雅各的"唤醒心灵"比较笼统,韦利的"激励人"更多指道德,而不指知识,我们看他们如何译第九节。

1. The Odes serve to stimulate the mind. They may be used for purposes of self-contemplation. They teach the art of sociability. They show how to regulate feelings of resentment. (Legge)

2. The *Songs* will help you to incite people's emotions, to observe their feelings, to keep company, to express your grievances. (Waley)

理雅各对"兴"的译文更接近韦利的,而韦利的新译加了"情感"一词,更接近"见景生情"。理雅各对"观"的译文说是观察自己,不如韦利说是观察别人,他把"群"理解为"社交的艺术"比较正式,而韦利的理解更加随便。他把"怨"理解为如何调节怨恨的感情倒更全面,韦利的译文却是表层结构多于深层内容。其实,原文"兴、观、群、怨"四字非常简练,已经成了文学批评的原则,译文也可简化如下:

Poetry may serve to inspire, to reflect, to communicate and to complain.

《论语》译话

孔子说的"诗,可以兴",可以理解为狭义的《诗经》,也可以理解为广义的诗。《论语今读》甚至理解为更广义的"思"。这句话流传了两千多年,内容也越来越丰富,所以到了两千年后的今天,更应该古为今用,"诗"和"礼乐"的理解也应该与时俱进才好。

以上谈的是"兴于诗",而"立于礼"呢?到底是狭义的周礼,还是广义的礼仪,还是更广义的礼教?《论语》中谈礼的话很多,我们看看第八章第二节中说的:"恭而无礼则劳,慎而无礼则葸,勇而无礼则乱,直而无礼则绞。"这话可以解释如下:外表恭敬而内心并不尊重对方,那会劳而无功;外表谨小慎微而内心并不尊重,那会显得软弱无力;外表勇敢而内心没有尊重,就会胡作非为;外表心直口快而内心不尊重人,又会伤害得罪对方。现在看看韦利的译文:

> Courtesy not bounded by the prescriptions of ritual becomes tiresome. Caution not bounded by the prescriptions of ritual becomes timidity, daring becomes turbulence, inflexibility becomes harshness.

韦利把"恭"理解为礼节或繁文缛节,如果不受礼仪规定的约束,就会令人厌烦,似乎说得过去,但是把"恭"具体化了,却不符合原意,谨慎变成懦弱,勇敢变成乱来,毫不动摇变成粗暴,都是字面翻译。如果追问一下为什么,就不好回答了。不如考虑下列译文:

> Beyond propriety, respect would lead to labor lost, caution to timidity, courage to violence, and even frankness would hurt.

这样把 become(变成)改成 lead to(导致),逻辑性就更强一些。说没有礼会造成什么结果,又从反面说明了礼的作用。内心尊重别

第八章

人,才会恭敬有礼,不会劳而无功;谨慎有礼,才不会软弱可欺;勇敢有礼,就不会为非作歹;爽直有礼,才会得多于失。这样就可以在社会上站住脚了。

至于礼乐,冯友兰最新的解释说:"礼模仿自然界外在的秩序,乐模仿自然界内在的和谐。"第十七章第十九节说:"天何言哉?四时行焉,百物生焉。"四时行焉就是自然的秩序,百物生焉就是自然的和谐,人模仿自然的秩序就是春耕、夏种、秋收、冬藏;模仿自然的和谐就是乐山、乐水、乐动、乐静。所以礼乐是天人合一的表现。第六章第二十三节:"子曰:'知者乐水,仁者乐山。知者动,仁者静。知者乐,仁者寿。'"知者动,水也动,所以知者乐水,就是天人合一;仁者静,山也静,所以仁者乐山,也是天人合一。第六章第二十节又有:"子曰:'知之者不如好之者,好之者不如乐之者。'"知之者求真,好之者求善。乐之者求美。知之、好之、乐之,就是求真、求善、求美的三部曲。诗可以兴,可以观,可以群,可以怨,兴和观是求真,群和怨是求善,诗中景语求真,情语求善,景语都是情语,情景合一就是求美,所以说"兴于诗";"恭、慎、勇、直"都需要礼,所以说"立于礼";诗礼都要尽善尽美,所以说"成于乐"。全句可以翻译如下:

A man may be inspired by poetry, established in performing the rites and perfected by music.

(二)

第八章第九节:"子曰:'民可使由之,不可使知之。'"这句话传诵了两千多年,实行了两千多年,但是却有不同的解释。刘开在

《论语补注》中说:"使之行其事,可也;而欲使明其事,则势有不能。"这就是说,让老百姓做事是可以的,而要让他们明白为什么做这件事,那就不行了。有人用《史记·滑稽列传》中说的"民可以乐成,不可与虑始"来解释,说是开始做一件事的时候,不可以同老百姓商量,但等大功告成之后,却可以和他们一同乐观其成。此外,康有为把这句的标点改为:"民可,使由之;不可,使知之。"这却是说:老百姓认可的事,就要他们跟着做;不认可的事,只要告诉他们就行了,这样一解释,孔子就越来越民主化了。看看理雅各的译文:

> The people may be made to follow a path of action, but they may not be made to understand it.

理雅各把"由之"解释为跟着走,跟着行动。这话似乎反对民主,但是无论民主国家,还是一党专政的国家,或多或少都是这样做的。就如伊拉克战争吧,当时的美国总统说伊拉克在制造大规模杀伤性武器,反对美国,于是动员了全世界最先进的军队去推翻伊拉克的专制政权,这就是"民可使由之"。但是政权推翻之后,发现伊拉克并没有制造那种武器,这就是民"不可使知之"了,可见早在两千五六百年以前,孔子就说出了古今中外统治的秘诀,但是"不可使知之"有一个先决条件,那就是"知之"以后对民不利。例如制造核武器的秘密,如果人民都知道了,泄漏出去,敌人可以制造核武器来危害人民,那就不必使民都"知之"了。由此可见,"知之"还是有两面性的,是个"才"的问题,危及安全却是"德"的问题。一般说来,孔子是重德轻才的。

例如第八章第十一节:"子曰:'如有周公之才之美,使骄且吝,其余不足观也已。'"这就是说:即使一个人有周公的才华美德,如

第八章

果骄傲而吝啬(或独善其身),那其他的也就没有什么可说的了。周公有什么才华美德呢?《韩诗外传》中说周公"成王之叔父也,又相天子"。周公辅佐成王,可见其才。又说"聪明睿智,守之以愚者,哲;博闻强记,守之以浅者,智。"这就是说,聪明才智,看起来却大智若愚,这是明智;博闻强记,听起来却能深入浅出,这才是真聪明,这就是周公的才华美德。但一个有才德的人,如果骄傲而独善其身,也就算不了什么,看看西方人如何译第十一节:

1. Though a man has abilities as admirable as those of Duke of Zhou yet if he be proud and niggardly, those other things are really not worth being looked at. (Legge)

2. If a man has gifts as wonderful as those of the Duke of Zhou, yet is arrogant and mean, all the rest is of no account. (Waley)

比较一下两种译文,可以看出理雅各把"周公之才之美"理解为有周公那样令人钦佩的才能,那就只钦佩周公的才,而排斥了周公之德;韦利却把"才"字理解为"天赋",那就可以包括德才两方面了。理雅各把"骄"字译成 proud(骄傲、自豪),这个词有褒义也有贬义,自豪是褒,骄傲是贬;韦利把"骄"译为 arrogant(骄傲、妄自尊大),那就有贬无褒了,孔子反对的"骄"只是反对贬义的"妄自尊大",如果反对的是有褒有贬的"自豪",那就错了,例如身高五尺的武大郎吹嘘自己身高一丈,那是自高自大,因为名不副实,但是自信自豪却是名副其实的,如果反对,那不是鼓励有名无实的自大吗?但从孔子提倡的"谦德"看来,中国一直是不鼓励自豪的。甚至到了近代,自信自豪往往被当作自高自大批判,常说的"骄傲使人落后","骄傲"往往包括自豪在内,这是中国人才不容易冒尖的一个原因,因为有周公之才的人,往往被说成是"骄且吝(心胸狭隘)",有才的人有实无名,于是有名无实或者名高于实的人往往受到重用,这就是批判自豪的结果,所以我在中央电视台接受采访时说"自豪使人进步,自卑使人落后。"就是想把孔子思想改得更现代化,以便古为今用,不只是"骄"的问题,"隐"的问题也是一样。

第八章第十三节说:"天下有道则见,无道则隐。邦有道,贫且贱焉,耻也。邦无道,富且贵焉,耻也。"这就是说,天下太平,一个人就应该出来工作("见"等于"现",出现的意思)。不太平呢,那就隐居田园。国家治理得好,一个人却穷得可怜,那是国家的耻辱,也是个人的耻辱。国家贪污腐败,一个人却升官发财,这就是国家,也是个人的耻辱。这些话应该如何翻译呢?请看下文:

> Appear where truth is followed and disappear where it is not. It is a shame to be poor and dishonored in a well-governed state as to be rich and honored in an ill-governed one.

译文是说:在正确原则得到遵循的地方,可以表现自己,在得不到遵循的地方,就应该隐居。国家治理得好,贫贱是可耻的。国家治理得不好,财富和荣誉也是可耻的。这等于说:治世应该工作,乱世却该退隐。治世贫贱的人可耻,乱世富贵的人可鄙,治世的能臣可贵,乱世的奸雄可恨。这是中国的传统观念,但在今天看来,治世说得不错,乱世却太消极,不能自己隐居了事,而该改变现状,进行改革,甚至革命。但是孔子却把革命叫做"乱",如第十节:"子曰:'好勇疾贫,乱也。人而不仁,疾之已甚,乱也。'"英译文是:

> If a daring man suffers from poverty, he will disobey the

order; if he hates to excess those who are unkind. he will rise in revolt.

译文说：如果勇敢的人不能忍受贫穷，就不会俯首听命；如果他疾恶如仇，痛恨为富不仁的人，就会犯上作乱。用今天的话来说，就是起来造反，就是革命，这就是把孔子思想现代化了。

第九章

（一）

第九章第一节说："子罕言利与命与仁。"这句话短短八个字，却有几种不同的解释。第一种是：孔子很少谈到功利、命运和仁德，这是把"与"当作"和""及"讲，但是《论语》中谈"仁"的并不少，于是第二种解释把标点改为："子罕言利，与命，与仁。"意思是说，孔子很少谈到利，却多谈命，多谈仁。但是《论语今读》第245页上说："孔子总以'如何做'（How）来回答'什么是'（What）。因此也就少谈'命'，多讲'仁'，'命'是什么，很难知晓，'仁'是什么，却可做到。"因此，第二种解释也说不过去。第三种解释再把标点改成："子罕言利与命，与仁。"这就是说，孔子很少谈"利"和"命"，却多谈"仁"。这就是把第一个"与"当作"和"或"及"，把第二个"与"当作"赞同"讲，这三种解释都求"真"，但"与"到底是"及"还是"赞同"的意思才符合"真"的标准呢？第一种解释认为是"及"，第二种解释认为是"赞同"，第一种解释认为"多"和"少"是相对的，孔子在《论语》中谈"仁"虽然不少，但《论语》只是孔子谈话记

第九章

录的一部分，在其他部分可能谈得不多，所以不能以偏概全。第二种解释却实事求是，认为只能根据《论语》来判断，不能根据可能来推测。《论语》第九章第四节说："子绝四：毋意，毋必，毋固，毋我。"不是说明了孔子首先反对随意猜测吗？因此，在"真"的理解有分歧的时候，应该根据"善"的标准来衡量。这就是说，不是看哪种理解更真，而是看哪种理解更好，更符合孔子的思想。因此，第二种理解比第一种好。但第二种认为孔子赞同"命"，似乎也有问题，孔子不是五十才"知天命"吗？"子不语：怪、力、乱、神。"和"天命"也不是没有关系，这样用"善"的标准来衡量也说不过去，于是又有了第三种理解，说孔子谈得多的只是"仁"，"利"和"命"都很少谈到，这种解释似乎比前两种好应用到翻译上来，可以说翻译第一要求真，第二要求善，第三要求美，这是文学翻译的三部曲，下面就来举例说明。先看韦利是如何翻译这句话的：

The Master seldom spoke of profit or fate or Goodness.

韦利是按照第一种解释来翻译的；理雅各也一样，但是他把"利、命、仁"译成 profitableness, the appointments of Heaven（天命）和 perfect virtue，似乎更加精确，却离精炼的原文更远了。如果按照第三种解释，全句可以改译如下：

The Master talked less about profit and fate than about humanism.

这个译文非常巧妙，不说谈或不谈。只说谈"利"和谈"命"，少于谈"仁"，那就不管怎样解释，这个译文都符合"真"和"善"的标准，只是"仁"字非常难译，严格说来，没有一个英文词完全相等。也许可以用造词法造个新词 humanhood，来表达精炼多义的"仁"字。

《论语》译话

第九章第四节说:"子绝四:毋意,毋必,毋固,毋我。"这就是做人应该绝对避免的事:第一不要随意乱猜,太自由化;第二不要太绝对化,肯定自己;第三不要顽固不化,坚持错误;第四不要唯我独尊,目中无人。理雅各和韦利的译文如下:

1. There were four things from which the Master was entirely free. He had no foregone conclusion, no arbitrary predetermination, no obstinacy, and no egoism.(Legge)

2. There were four things that the Master wholly eschewed. He took nothing for granted. He was never over-positive, never obstinate, never egotistic.(Waley)

理雅各把"毋意"理解为"预先下的结论"。这有两个可能:一是事情还没有做,就主观地下结论,这是孔子不会做的;一是认为事情不可避免,事先可以预料得到,这和孔子的思想就恰恰相反了。韦利却说孔子不认为任何事情是理所当然的,这个范围就太广泛,不如理雅各第一种解释精确,却比第二种解释正确。至于"毋必",理雅各说是不要武断地先做出决定,和"毋意"差不多,不过决定多指未来的事,韦利却说不要过分肯定,过于自信,译文更加简练。"毋固"和"毋我"的两种译文基本相同,只是一个用名词,一个用形容词。参考他们的译文,可以提出第三种译法:

The Master was entirely free from four things, namely, supposition, predetermination, obstination and self-assertion.

理雅各和韦利都在求真和求善上下工夫,没有上升到求美的高度,第三种译文四个名词都以-tion结尾,以意美而论,不在前译之下,以音美和形美而论,可以说在前译之上了。为了求美,即使求真度

不如前译，也可考虑如何使三美齐全。

第九章第十八节是句名言："子曰：'吾未见好德如好色者也。'"孔子说他没有见过一个人喜欢做好事像他喜欢美人那样真心诚意。这就是说，爱美是人的天性，是人的感情，是先天的，是生而有之的；做好事却需要理智，是后天的，需要培养教育。我们看看西方人的译文：

1. I have not seen one who loves virtue as he loves beauty. (Legge)

2. I have never seen anyone whose desire to build up his moral power was as strong as sexual desire. (Waley)

理雅各说，孔子没有见过一个像爱美那样爱道德的人，这是把感性的话上升到理性的高度，使这句话的应用范围更广了，韦利却说他从来没有见过一个人要建立道德力量的欲望，像他的性欲一样强烈，这却把理性的言语降低到西方人感性的地步。求真求善都不如理雅各，为了求美，可以看看第三种译文：

I have never seen a man who loves his duty more than beauty.

以意似论，似乎不如前译。以意美、音美、形美论，却有超越。

（二）

第九章第十一节谈到孔子之道。"颜渊喟然叹曰：'仰之弥高，钻之弥坚。瞻之在前，忽焉在后。夫子循循然善诱之，博我以文，约我以礼，欲罢不能。既竭吾才，如有所立卓尔。虽欲从之，末由也已。'"颜渊是孔子的得意门生,他眼中的孔子之道是如何的呢?他说是越看越觉得高,越钻研越觉得吃不透。就拿"仁"来说吧,第七章第三十四节:"子曰:'若圣与仁,则吾岂敢?'"他把仁人和圣人并列,并且说自己都不够格,那学生怎能做得到呢?其实孔子谈的"仁"是个理想,理想是只能接近,不能达到的,如第六章第三十节:"子贡曰:'如有博施于民而能济众,何如?可谓仁乎?'子曰:'何事于仁!必也圣乎?尧舜其犹病诸!夫仁者,己欲立而立人,己欲达而达人,能近取譬,可谓仁之方也已。'"子贡问孔子:"如果能使人民群众安居乐业,可以算是'仁'吗?"孔子说:"那岂止是'仁',简直是'圣'了。连尧舜那样的圣人都怕做不到呢!'仁'是什么?自己想要站得住脚,就让别人也站得住;自己想要发展,也要让别人发展。事情要从眼前的做起,这样由近及远,推己及人,就是一步一步达到'仁'的方法。"颜渊说孔子之道看起来近在眼前,却又远不可及高不可攀,其实是无所不在的。孔子善于诱导学生一步一步地走近真理,学习文化(今天就是读书)来扩大知识面,用社会实践来检验知识,这样使人尝到了学习的甜头,舍不得停下来,用尽了自己的力量,仿佛有所得,站得住了,但再跟着他往前走,又不知道前途还有多远了。第十一节如何译成英文呢?我们看看理雅各的译文:

> Yan Yuan in admiration of the Master's doctrines, sighed and said, "I looked up to them, and they seemed to become more high. I tried to penetrate them, and they seemed to become more firm. I looked at them before me, and suddenly they seemed to be behind. (Legge) Step by step the Master skilfully lures one on. He has broadened me with culture,

restrained me with ritual. Even if l wanted to stop, I could not. (Waley)"

理雅各的前半译文和韦利的后半译文,说明了孔子之道的高深,无所不在,不能达到,只能接近。如何接近呢?可看第六章第三十节的译文:

The man of perfect virtue, wishing to be established himself, seeks also to establish others; wishing to be enlarged himself, he seeks to enlarge others. To be able to judge of others by what is nigh in ourselves;—this may be called the art of virtue.

理雅各的这段译文把"达"译成 enlarge(扩大),不大容易理解。什么叫做扩大自己?不如用 develop(发展),自己要发展,就要让别人也发展,这在今天更有实用价值,不发达国家不是应该发展为发达国家吗?可见孔子思想正好古为今用。

如何"博我以文"呢?我们看看第九章第十七节:"子在川上曰:'逝者如斯夫!不舍昼夜。'"孔子站在河边上说:"古往今来,一切都像河水这样,日日夜夜,川流不息啊!"这句千古名言说明了什么?《康注》中说:"天运而不已,水流而不息,物生而不穷,运乎昼夜未尝已也,是以君子法之,自强不息。"天地之间,万物都像流水这样运动,日夜不停,所以人也应该效法流水,不分日夜,与时俱进,这就是天人合一的思想,人应该和天地一样,不断地为美好的生活而奋斗。孔子在河边看到的流水是"景",想到的"逝者如斯夫"却是"情",这样见景生情,就使景语变成情语,情景交融,使平常说的话变成文学语言了,这就是颜渊说的"博我以文",这种文学

《论语》译话

语言成了中国文化的传统。如南唐后主李煜诗词中的名句：

> 问君能有几多愁？恰似一江春水向东流。
> 流水落花春去也，天上人间。

第一例把愁比作流水，可见其深其远，这是明喻；第二例把春比作流水，暗示自己的幸福生活也像春天一样，随着流水一去不复返了，这是隐喻。这就说明孔子是如何"博我以文"的，西方人是如何理解这句名言的呢？我们看看理雅各和韦利的译文：

> 1. The Master, standing by a stream, said, "It passes on just like this, not ceasing day and night."（Legge）
>
> 2. Once when the Master was standing by a stream, he said, "Could one but go on and on like this, never ceasing day and night?"（Waley）

理雅各用的主语 it 不知是泛指还是指河水，动词 pass on 也不知是说流下去还是消逝了，考虑到原文的主语是"逝者"，译文可能是说一切都像河水一样流走了，消逝了，那就只是景语而不是情语。韦利用的主语是 one（一个人），动词用的是 go on and on，表示继续进行下去，那就是问：一个人能够这样日夜不停地干下去吗？这就是情语了，但情语和"自强不息"的感情似乎不同。到底谁是谁非呢？

第九章第二十八节说："子曰：'岁寒，然后知松柏之后凋也。'"这又是一句景语，也是一句情语，景语说的是天冷了，树木的叶子都落尽了，才知道只有松柏是不落叶的。情语却把寒冷的天气比作艰苦的世事，把松柏比作不怕困难，自强不息，最后取得胜利的人，意思是说，只有艰苦奋斗的人才能实现理想，这和"逝者如斯夫"的思想是一致的，说明两句话表达的都是自强不息的思想。现

在看看译文：

> Only when the year grows cold do we see that the pine and cypress are the last to fade.（Waley）

译文表达的感情和原文一致，但西方对苦难和东方的认识也有所不同。如《圣经》中约伯忍受苦难，是接受上帝的考验，毫无怨言；东方却要顺应天命，克服困难，争取幸福。这是"苦感"和"乐感"的差别。

（三）

幸福是个理想，很难达到，只能接近。第九章第二十九节："子曰：'知者不惑，仁者不忧，勇者不惧。'"说的也是理想的知者、仁者、勇者。朱熹《论语集注》中说："明足以烛理，故不惑；理足以胜私，故不忧；气足以配道义，故不惧。"这就是说，知者聪明得可以明白道理，所以不会怀疑；仁者明白道理，没有私心杂念，所以乐而无忧；勇者的勇气和道德义气一样高，道高一丈，勇气也高一丈，所以没有什么害怕。总之，不惑，不忧，不惧，结果都要利人利己，如果"不惑"发展到对"一句顶一万句"的言论也不敢怀疑，就不能算是知者，如果"不忧"发展到对"文化大革命"的后果也不担忧，也不能算是仁者。如果"不惧"发展成了"一不怕苦，二不怕死"的造反精神，把传统文化全都砸烂砸碎，更不能算是勇者。

关于知者和仁者，第六章第二十二节还说过："务民之义，敬鬼神而远之，可谓知矣。"又说："仁者先难而后获，可谓仁矣。"可见知者要知道自己对人民的义务，对鬼神要保持的距离；仁者要有困难先上，有收获后得。这就不是抽象的理想，而是知者和仁者应该

做,和勇者不该做的事情,我们现在看看这两节的译文:

Section 29. The wise are free from perplexities; the virtuous from anxiety; and the bold from fear. (Legge)

Section 22. A wise man should do what is good for the people, respect spiritual beings and keep away from them. A good man will do hard work before he reaps. (高等教育出版社译本)

第二十二节是从正面说的,从反面来看,第九章第三十节:"子曰:'可与共学,未可与适道;可与适道,未可与立;可与立,未可与权。'"这就是说,知者可以一同学习,但是走的不一定是同一条道路;仁者可以走同一条道路,但不一定取得同样的成就;勇者可以取得同样的成就,但对成败得失的权衡,又不一定相同。孔子两千五百多年前说的话,到了今天还有应用价值。从《中国青年报》2009年9月9日报道的科协主席对学术评价的意见,可以看出知者的评价根据的是学术水平的高低,仁者的评价根据的是政治方面的利害,勇者的评价是经济方面的得失,如果评价因为政治地位或经济价值而加分,结果就会出现评价高而学术水平低的现象。韦利对第三十节的译文是:

There are some whom one can join in study but whom one can not join in progress along the Way; others whom one can join in progress along the Way, but beside whom one cannot take one's stand; and others again beside whom one can take one's stand, but whom one cannot join in counsel.

从译文也可以看出知者、仁者、勇者在政治、经济、文化三方面的分歧。

第十章

第十章记载的是孔子的公私生活、衣食住行,"衣"如第六节说的"吉月,必朝服而朝。""食宿"如第十节说的"食不语,寝不言。""行"如第四节说的"入公门,鞠躬如也"。这就是说,每个月的初一,孔子一定穿了礼服,进宫朝贺;吃饭的时候不谈话,睡觉的时候不言语;进宫的时候弯着腰,彬彬有礼。总而言之,衣食住行都循规蹈矩,符合礼仪,这些话不难译,如理雅各的译文是:

Section 6. On the first day of the month, he put on his court robes, and presented himself at court.

Section 10. While eating, he did not converse; when in bed, he did not speak.

Section 4. When he entered the palace gate, he seemed to bend his body.

衣食住行,表现的都是一个"礼"字。"礼"是"仁"的外化,外表的礼仪说明内在的仁心。例如第二十二节说:"朋友死,无所归,曰:'于我殡。'"朋友死了,没有人收殓,孔子就说:"丧事我来办吧。"办丧礼表明了孔子之"仁",对人如对己。理雅各和韦利的译文是:

《论语》译话

　　1. When any of his friends died, if he had no relations who could be depended on for the necessary offices, he would say, "I will bury him."(Legge)

　　2. If a friend dies and there are no relatives to fall back on, he says, "The funeral is my affair."(Waley)

理雅各译文说孔子的任何一个朋友死了的时候,如果不能依靠亲戚来办必要的丧事。他就会说:"我来管埋葬的事。"韦利没有用时间状语从句,而是用假设条件,说如果有个朋友死了而没有亲戚可以依靠,那就是在谈理论了,似乎不如理雅各用时间状语合适。理雅各说"任何一个朋友",也不像叙述孔子的生活,不如韦利说的一个朋友。话虽然说得简单,翻译也不容易。

　　从孔子的生活小事可以看出他的仁心,还有一个例子。第十七节说:"厩焚。子退朝,曰:'伤人乎?'不问马。"孔子的马房失了火,孔子下朝回来,只问火有没有烧伤人,却没有问马怎么样。可见孔子对人的关怀,远远重于车马。理雅各和韦利的译文分别是:

　　1. The stable being burnt down, when he was at court, on his return he said, "Has any man been hurt?" He did not ask about the horses. (Legge)

　　2. When the stables were burnt down, on returning from Court, he said, "Was anyone hurt?" He did not ask about the horses. (Waley)

两种译文大同小异,理雅各说孔子上朝时马厩烧了,问伤了人没有。译文精确而不简练;韦利的译文却简练甚于精确。

第十一章

(一)

第十一章多谈孔子对门人的评论,第一节是小序:"子曰:'先进于礼乐,野人也;后进于礼乐,君子也。如用之,则吾从先进。'"礼乐起源于祭神。农民丰收之后,感谢神灵,于是载歌载舞、拜天拜地,祭拜是礼,歌舞是乐,先进行礼乐的是野外乡村的劳动人民,城里的士大夫知识分子学习了劳动人民的礼乐,把感性知识提高为理性知识,制定了礼拜的规矩、歌舞的韵律。先进者是从实践中得到礼乐知识,后进者是先有礼乐知识再付诸实践。孔子的门人有两类:一类能把实践上升为理论,一类能把理论付诸实践,如果孔子要用门人做官,他还是先选择既有实践经验,又能学习理性知识的人,而后考虑理论能够联系实际的知识分子,这是一种解释。西方人是如何理解的?我们看看韦利的译文:

"Only common people wait till they are advanced in ritual and music (before taking office). A gentleman can afford to get up his ritual and music

later on."Even if I accepted this saying, I should still be on the side of those who get on with their studies later.

韦利的理解是:"只有普通人(野人)才会等到精通礼乐之后再去做官,一个上流人(君子)可以先做官,然后再去精通礼乐。"话虽如此。孔子还是和后学礼乐的人站在一边的。韦利的结论是支持君子还是野人?不太清楚,不过无论如何,孔子总是支持理论联系实际,反对脱离实际的空洞理论的。因此,可以考虑以下译文:

The villagers performed ritual and music before they learned the theory, while the townsfolk knowing ritual and music put them into practice and then study the theory. I would rather employ villagers than townsfolk in practising ritual and music.

第一节是绪论,第二、三节就是总论了。"子曰:'从我于陈、蔡者,皆不及门也。'德行:颜渊、闵子骞、冉伯牛、仲弓。言语:宰我、子贡。政事:冉有、季路。文学:子游、子夏。"孔子说:"跟随我在陈国、蔡国受苦受难的门人,现在都不在门前了。"他们中德行好的有颜渊等四个老学生(先进),能言善辩的有宰我和子贡,会办公事的有冉有和子路,熟悉文献的有子游和子夏几个新学生(后进)。"这是一种对先进和后进的新解释。第二节如何译成英文呢?

Those who followed me jn the states of Chen and Cai when I was in difficulty are not with me now. Among them Yan Yuan, etc. were distinguished in virtue, Zai Wo and Zi Gong in eloquence, Ran You and Zi Lu in talent, Zi You and Zi Xia in letters.

第十一章

第四节就开始是分论了。第一个谈到的是孔子的得意门生颜渊,前面谈到颜渊的优点是德行和好学,而他的缺点呢?"子曰:'回也非助我者也,于吾言无所不说。'"孔子说:"颜回对我帮助不大,他听了我说的话,没有不同意的。"朱熹《论语集注》中说:"颜子于圣人之言,默识心通无所疑问,故夫子云然。其辞若有憾焉,其实乃深喜之。"朱子认为颜渊听了孔子的话,心中融会贯通,没有疑问,所以孔子说对他没有帮助,反而感到遗憾,其实内心深处还是很喜欢颜渊的。孔子到底是遗憾呢,还是"深喜"呢?如是遗憾,那说明孔子是非分明,不掩饰学生的缺点;如是"深喜",那却说明孔子是位好好先生,喜欢听好话,不喜欢听批评,这对后来人的"报喜不报忧"不能说没有影响,但从第七章第三十一节"丘也幸,苟有过,人必知之。"看来,孔子是闻过则喜的,可见他的是非分明。更进一步,能听反面意见,才能改正,才能创新,这又可以看出孔子的积极影响。下面看看译文:

1. The Master said, "Hui gives me no assistance. There is nothing I say in which he does not delight."(Legge)

2. The Master said, "Hui was not any help to me, he accepted everything I said."(Waley)

两种译文都把"非助"说成"无助",否定太重,至于"无所不说(悦)"理雅各译的是表层结构,韦利却更接近深层内容,但又略嫌笼统。结合两人译文,可以考虑译成:

Yan Hui, said the Master, was of little help to me. He was delighted in whatever I said.

第十八、十九节更把颜回和其他门人比较,可见孔子对门人了

《论语》译话

解深入。"柴也愚,参也鲁,师也辟,由也喭。""子曰:'回也其庶乎?屡空。赐不受命而货殖焉,亿则屡中。'"孔子说:"高柴愚笨,曾参迟钝,子张偏激,子路鲁莽。"又说:"只有颜回还差不多,但是家中常空空如也。而子贡不安分去做生意,臆测行情,投机往往能够猜中。"可见孔子门人良莠不齐,各有优点、缺点。德才兼备的只有颜回,而他偏偏又家贫如洗;而不安分守己,喜欢做投机买卖的子贡却能赚钱发财,这和今天的现实大有相似之处。现在看看理雅各和韦利的译文:

1. Chai is simple. Shen is dull. Shi is specious. You is coarse. (Legge)

Chai is stupid, Shen is dull-witted. Shi is too formal; You, too free and easy. (Waley)

2. There is Hui. He has nearly attained to perfect virtue. He is often in want. (Legge)

Ci was discontented with his lot and has taken steps to enrich himself. In his calculations he often hits the mark. (Waley)

第一例中,韦利比理雅各褒多于贬(对柴除外)。第二例中,理雅各前半精确,韦利后半详尽,这里就各取其长了。

(二)

第十一章谈到孔子门人,除颜回外,谈得多的是子路和子贡。如第十二节:"季路(子路)问事鬼神。子曰:'未能事人,焉能事鬼?'曰:'敢问死?'曰:'未知生,焉知死?'"子路问孔子应该如何对

第十一章

待鬼神,孔子说:"如果不知道如何对待人,怎能知道如何对待鬼神呢?"这是孔子著名的鬼神观,反映了孔子说的"知之为知之,不知为不知,是知也。"只知道如何对待人,不知道如何对待鬼神,这就是我们对鬼神的知识。对于生死也是一样,如果不知道如何生活,怎能知道应该如何死呢?与其研究我们不知道的死亡,不如研究现实生活,知道应该如何生活,也就知道应该如何死了。这就是孔子对待生死鬼神的现实主义态度。现在看看韦利的英译文:

> Zi Lu asked how one should serve ghosts and spirits. The Master said,"Till you have learnt to serve men, how can you serve ghosts?" Zi Lu then ventured upon a question about the dead. The Master said,"Till you know about the living, how are you to know about the dead?"

Till(等到)这个连词用得很好,意思是说,你要先会服侍人,然后才能服侍鬼神;先懂得活人,才能懂死人。不懂活人,就不可能懂得死人;不会对待活人,更不可能对待鬼神了。韦利把"死"译成the dead(死者),那和鬼就重复了,不如改为death(死)更合原意。

第十三节说:"闵子侍侧,訚訚如也;子路,行行如也;冉有、子贡,侃侃如也。子乐。"闵子骞站在孔子身边,毕恭毕敬,子路却实话实说;冉有和子贡和和气气,快快活活,孔子看到就高兴了。这一节谈门人的优点,理雅各和韦利(括弧中)的译文是:

> Min Zi was standing by his side, looking bland and precise(of polite restraint), Zi Lu looking bold and soldierly (of impatient energy), Ran You and Zi Gong with a free and straightforward manner(genial and affable). The Master was

pleased.

两人对孔门弟子的评论,除对子路之外,都不相同。参考中文注解,理雅各的译文不如韦利。这一节和第十八节分别谈了门人的优缺点。

第十六节:"子贡问:'师与商也孰贤?'子曰:'师也过,商也不及。'曰:'然则师愈与?'子曰:'过犹不及。'"这节谈的又是缺点,子贡问孔子:"子张和子夏谁更好?"孔子说:"子张做事过头,子夏做得不够。"子贡问:"子张更好吗?"孔子说:"过头和不够都一样。"这是孔子对优缺点的看法,可以翻译如下:

> Zi Zhang has overdone and Zi Xia has underdone. To overdo is no better than to underdo.

"过犹不及"成了成语,影响很大,使人做事不敢过头,否则会挫伤了创新精神。

(三)

第十一章谈门人最详细的,要算第二十六节了。第一段说:"子路、曾皙、冉有、公西华侍坐。子曰:'以吾一日长乎尔,毋吾以也。居则曰:"不吾知也!"如或知尔,则何以哉?'子路率尔而对曰:'千乘之国,摄乎大国之间,加之以师旅,因之以饥馑;由也为之,比及三年,可使有勇,且知方也。'夫子哂之。"

这一段说:子路(由)、曾皙(点)、冉有(求)、公西华(赤)陪着老师谈学论道。孔子说:"不要因为我比你们大了几岁,就以为我怎么样了。你们或者会说:'没有人了解我们啊,'如果有人了解你

第十一章

们,你们又会做什么事呢?"子路也不考虑就回答道:"一个有千辆兵车的国家,周围都是大国,常有大军压境,国内又闹饥荒,怎么办?只要他们用我,不到三年,我就可以使国家强盛,人民懂得道理。"孔子听了微微一笑。这段对话写出了孔子毫不装腔作势的姿态。子路有什么说什么的坦率性格,真是栩栩如生,难能可贵。这段话如何译成英文呢?理雅各和韦利的译文太啰唆。可看高等教育出版社的译本:

> Zi Lu, Zeng Xi, Ran You and Gongxi Hua sitting in attendance. The Master said, "Never mind I am older than you. Do not say your abilities are not recognized. What if they were?" Zi Lu replied straightforwardly, "If I were entrusted with a state of a thousand chariots, though situated among bigger powers and invaded by hostile armies, suffering from famine and draught, I would teach its people to be courageous and know what is right by the end of three years." The Master smiled at him.

第二段是孔子和冉有的对话:"'求,尔何如?'对曰:'方六七十,如五六十,求也为之,比及三年,可使足民。如其礼乐,以俟君子。'"如果说子路重军事的话,那冉有(求)就重经济了,所以他说:"在一个面积大则六七十里,小则五六十里的国家,如果我去管理的话,三年之后,可以使老百姓丰衣足食了。至于礼乐文化,那恐怕还要等更高明的人呢。"冉有说话比子路谦虚多了,国家也小了,军事也不提了,甚至文化建设也要虚席以待高明。说话的语气表明了冉有的性格。这段翻译不难,可以看看韦利的译文:

《论语》译话

"What about you, Qiu?" he said. Qiu replied, "Give me a domain of sixty to seventy or say fifty to sixty (leagues), and in the space of three years I could bring it about that the common people should lack for nothing. But as to the rites and music, I should have to leave them to a real gentleman."

韦利在 the rites and music（礼乐）后加了注：which are the proprieties of the upper classes as opposed to the common people，说礼乐是上等人的，不是老百姓的规矩，表明冉有把自己等同平民了。

第三段是孔子和公西华的对话。"'赤，尔何如？'对曰：'非曰能之，愿学焉。宗庙之事，如会同，端章甫，愿为小相焉。'"公西华的态度更谦虚了。他回答孔子的话："不是说我能够做到，只是说我想学习而已。在宗庙里祭祀天地祖先，或者会见诸侯的时候，我愿意'衣玄端'（穿礼服），'冠章甫'（戴礼帽），做一个司仪的小官。"这就是说，公西华愿意学外交了。理雅各的译文如下：

"What are your wishes, Chi?" said the Master to Gongxi Hua. Chi replied, "I do not say that my ability extends to these things, but l should wish to learn them. At the services of the ancestral temple, and at the audiences of the princes with the Emperor, I should like, dressed in the dark square-made robe and the black linen cap, to act as a small assistant."

理雅各的译文真是精确，连注解中的"衣玄端"（穿着方方正正的暗红色礼服），"冠章甫"（戴着亚麻织的黑色礼帽）都译出来了。那就不只是翻译表层结构,而且是深层内容了。

最后一段是孔子和曾晳的对话。曾晳是曾参的父亲,对话别开生面,有趣而且重要。"'点,尔何如?'鼓瑟希,铿尔,舍瑟而作,对曰:'异乎三子者之撰。'子曰:'何伤乎?亦各言其志也。'曰:'莫春者,春服既成,冠者五六人,童子六七人,浴乎沂,风乎舞雩,咏而归。'夫子喟然叹曰:'吾与点也。'"孔子问的时候,曾晳正在弹琴,琴音越来越稀,忽然铿的一声停了下来。曾晳对孔子说:"我的想法和他们三位不同啊。"孔子说:"那有什么关系?不过是各人谈各人的想法罢了。"于是曾晳说:"春去夏来的时候,和五六个同学,六七个小伙子,穿上春装,结伴出游,去沂河之滨游山玩水,在求雨台上沐浴春风、咏诗言志,谈天说地,歌颂自然之美,赞叹人生之乐,忘情于天地之间,寄怀于山水之中,就这样载歌载舞,带着初夏一同回来。"孔子听得出神,叹了一口气说:"我也要跟你一起去沂河之滨了。"这段对话有声有色,说明孔子不是一个道貌岸然的老夫子,而是个通情达理,和学生一样热爱自然,热爱自由,向往幸福的万世师表。我们看看高等教育出版社的译文:

"What about you, Zeng Xi?" Zeng Xi, pausing as he was playing on his twanging lute, put it aside and said, "My answer is quite different from theirs." The Master said, "What matters? Just say what you would like to do." Then Zeng Xi said, "In late spring I would put on my newly-made spring dress and go with five or six grown-ups and six or seven young men to purify ourselves in River Yi, enjoy the breeze at the Rain Altar and come back singing." The Master said with a sigh, "I would like to go with you."

《论语》译话

有趣的是,韦利把"冠者五六人,童子六七人"解释为乘法:五六得三十,六七四十二,那就是,已婚学生30个,未婚学生42,30＋42=72,正好符合孔子三千门弟子,七十二贤人的说法,还有人开玩笑,根据这个来推测孔子门人的婚姻情况呢。

曾晳的答话对后世的影响不小,晋代的陶渊明就写了一首四言诗《时运》,把对话诗化了,原文三段,语体译文和英译文如下:

(1) 迈迈时运,(天回地转,时光迈进。)
Seasons pass by.
穆穆良朝。(温煦的季节已经来临。)
Smiles the fine day.
袭我春服,(穿上我春天的服装,)
In spring dress, I
薄言东郊。(去啊,去到东郊踏青。)
Go eastward way.
山涤余霭,(山间的烟云已被涤荡,)
Peaks steeped in cloud,
宇暧微霄。(天宇中还剩淡淡的云。)
In mist veiled spring,
有风自南,(清风从南方吹来,)
South wind flaps loud
翼彼新苗。(一片新绿起伏不停。)
O'er sprouts like wing.

(2) 洋洋平津,(长河已被春水涨满,)
In water green
乃漱乃濯。(漱漱口把脚冲洗一番。)

    I steep my knee.

  邈邈遐景,(眺望远处的风景,)

    On happy scene

  载欣载瞩。(看得心中充满了喜欢。)

    I gaze with glee.

  人亦有言,(人但求称心就好,)

    As people say,

  称心易足。(心满意足并不困难。)

    Content brings ease.

  挥兹一觞,(喝干那一杯美酒,)

    With wine I stay,

  陶然自乐。(自得其乐又陶陶然。)

    Drunk as l please.

(3) 延目中流,(放眼望河中的流水,)

    I gaze mid-stream

  悠想清沂。(遥想清澈的沂水之湄。)

    And miss the sages.

  童冠齐业,(十几位课后的学子,)

    Singing their dream

  闲咏以归。(唱着歌修禊而归。)

    Of golden ages.

  我爱其静,(我爱那恬静的生活,)

    How l adore

  寤寐交挥。(清醒时和梦中时刻萦回。)

    Their quiet day!

《论语》译话

但恨殊世,(遗憾的是隔了时代,)
Their time's no more
邈不可追。(先贤的足迹无法追随。)
And gone for aye.

语体译文选自《陶渊明选集》,略有修改;英译选自《文学与翻译》。第一段写"暮春者,春服既成。"第三段写"浴乎沂,风乎舞雩。"第三段写"冠者五六人,童子六七人,咏而归。"这篇对话不但对古代,对现代也有象征意义。子路好勇象征了中国国内革命战争,冉有足民象征了经济建设,公西华学礼象征了和平外交,曾晳爱乐象征了文艺复兴,四个古人仿佛预告了后世的军事、经济、外交、文化的形势。

我第一次读这一篇对话,是1935年初中三年级时。1937年日本侵略军占领南京,学校迁到赣江之滨的永泰,我和高中三年级的同学们才真正体会到曾晳"浴乎沂"的滋味。我在云南出版的《联大人九歌》的《中学之歌》中写道:

赣江之滨风景很美,有一天雪后放晴,看到了江上的落日残霞烧红了半边天,日落后又看见一轮寒月高挂在远山积雪之上,这是冬和春交织的绚丽景色,是我们在南昌城里从来没见过的人间仙境。到了夏天,我们课后更去江中游泳。让斜阳的余晖吻红我们的脸颊,让江上的清风抚摸我们的肌肤,让清凉的碧波溶化夏天的炎热。游泳归来,我们唱着抗战歌曲,或者从浙江大学学来的英文歌,如:

"when there is a rainbow on the river.
(彩虹高挂江上)
You and I go sailing along the rippling stream.

第十一章

（你我扬帆沿着流水远航）

Holding hands together, together we'll dream."

（手握着手，一同沉入睡乡）

"(Go away, let us be just the river, you and me!)

（去吧，让你我化为河水一滴）

Everything is still, all along the Mississippi."

（享受密西西比河上的一片静寂）

  这样，中学没毕业我们就预支大学生的乐趣了，这是现代化的"浴乎沂，风乎舞雩，咏而归"，由此可见曾皙影响之深。

第十二章

(一)

第十二章谈"仁"谈得多。第一节说:"颜渊问仁。子曰:'克己复礼为仁。一日克己复礼,天下归仁焉。为仁由己,而由人乎哉?'"颜渊问孔子什么是"仁",孔子说:"克制自己,做事合乎规矩,那就是做人的道理。只要有一天,每个人都克制自己,做事都合规矩,那就天下太平,人人都是好人,世界也是一个和谐世界了。做好人要靠自己,不是依靠别人。"自然,"仁"的解释很多,而要与时俱进,古为今用,我就提出上面这个解释,西方人是如何理解的呢?我们看看理雅各和韦利(括弧中)的译文:

Yan Yuan asked about perfect virtue (Goodness). The Master said, "To subdue one's self and return to propriety (ritual) is perfect virtue (Good). If a man (the ruler) can for one day subdue himself and return to propriety, all under heaven will ascribe perfect virtue to him. Is the practice of perfect virtue from a man himself or is it from others?"

第十二章

"仁"字很难翻译,理雅各译成 perfect virtue(完美的道德),要求太高。严格说来,道德是不可能做到完美无缺的,若要人人做到,那更是不可能,并且与孔子在第七章第三十节说的"我欲仁,斯仁至矣"矛盾。韦利译成 Goodness(好、善),又太一般,一个太过,一个不及,我想创造一个新词 humanhood(仁、为人之道),试试看吧。"礼"也不好译,理雅各用 propriety,指抽象的、适度的礼仪,韦利用 ritual,指具体的、形式的礼仪,各有侧重,"一日克己复礼"的主语是谁?理雅各说是"一个人",如果一个人能克制自己,做事循规蹈矩,天下人都会说他有完善的道德吗?要求似乎又太低了。韦利说是 the ruler(领导人),只要领导以身作则,天下都会闻风而动,似乎又抬高了领导,贬低了群众,我想取长补短,大致翻译如下:

> Yan Yuan asked about Humanhood. The Master said, "Humanhood is the control of oneself in conformity with the rules of propriety. Once everyman can control himself in conformity with the rules of propriety, the world will be in good order. Humanhood depends on oneself, not on others."

这一节接着说:"颜渊曰:'请问其目。'子曰:'非礼勿视,非礼勿听,非礼勿言,非礼勿动。'颜渊曰:'回虽不敏,请事斯语矣。'"颜渊问孔子具体的为人之道,孔子说:"不合规矩的事不看,不听,不谈,不做。"颜渊说:"我虽然不机敏,也会遵照老师的话去做。"这几句话说明了"复礼"的具体内容就是循规蹈矩。违反规矩的事,不看不听,不说不做,这就是做人之道。

《论语》译话

（二）

第十二章还有一节谈到"仁"的，那就是第二十二节："樊迟问仁。子曰：'爱人。'问知。子曰：'知人。'樊迟未达。子曰：'举直错诸枉，能使枉者直。'"樊迟问孔子什么是"仁"？孔子说："仁"主要是"爱人。"联系前面第一、二节说的："克己复礼为仁""己所不欲，勿施于人"来看，可见"仁"首先要求"克己"，克制自己；第二步要求推己及人，不强加于人，这是消极的；现在更进一步，从积极方面说，不但不勉强别人，对别人还要爱，这就是"仁"的三部曲。樊迟又问孔子如何才算是"知"，在第二章第十七节，孔子就对子路说过："知之为知之，不知为不知，是知也。"这说明"知"首先要实事求是，知道自己的知识有限，有些东西是自己还不知道的，要有自知之明，现在又进一步，说"知"不只限于"自知"，还要有知人之明，如果能知人善任，那就不但是"知"，而且是"仁"了。樊迟没有听明白，孔子就补充说："用正直的人做榜样，来改正有错误的人，那么有错误的人也会变成好人了。"后来子夏更对樊迟举例说明：虞舜用皋陶做宰相，商汤用伊尹做榜样，结果天下太平，都是知人善任，既"知"又"仁"的例子。西方人是如何理解的呢？我们来看看韦利和理雅各的译文：

Fan Chi asked about the Good (ruler). The Master said, "He loves men." He asked about the wise (ruler). The Master said, "He knows men." Fan Chi did not quite understand. (Waley) The Master said, "Employ the upright and put aside all the crooked, in this way the crooked can be made upright."(Legge)

韦利的前半译文巧妙地加了一个词 ruler(领导人),这样就把抽象的"仁"和"知"具体化为"仁者"和"智者"了,樊迟问怎样才算好领导,孔子说好领导要爱人民。樊迟又问领导人怎样才算聪明,孔子说聪明的领导要了解人民。这个译文通顺好懂,但和原意可能有点出入。理雅各的后半译文说只用正直的人,走歪门邪道的人弃而不用。那么,不正直的人也可能改邪归正。译文说得过去,但说服力不强。如果改译如下,是不是好一些?

　　Fan Chi asked about humanhood. The Master said, "Humanhood consists in love of human beings." Asked about wisdom, the Master said, "Wisdom consists in knowledge of human beings." Fan Chi seemed not to have got it. The Master said, "If you set an example of what is right, all will follow it and even the wrong will be righted."(Then Zi Xia told the stories of the wise ministers appointed by ancient emperors, who ushered in the Golden Age of Chinese history.)

第二十节:"子张问:'士何如斯可谓之达矣?'子曰:'何哉,尔所谓达者?'子张对曰:'在邦必闻,在家必闻。'子曰:'是闻也,非达也。夫达也者,质直而好义,察言而观色,虑以下人,在邦必达,在家必达。夫闻也者,色取仁而行违,居之不疑。在邦必闻,在家必闻。'"这里说的"闻""达",也是"名"和"实"的关系,在外闻名的程度和实际达到的程度。子张问孔子:"一个文化人怎样才可以算是达到了目的呢?"孔子说:"你所说的达到目的是什么意思?"子张答

《论语》译话

道:"在诸侯的邦国,就名闻全国。为大夫治家,就名闻全家。"孔子说:"你这样达到的是'闻名',而不是求实,要达到求实的目的,一个人本质要正直,对人要公平,注意听别人说的话,观察别人做的事,考虑别人有什么困难,这样无论在诸侯之国还是大夫之家,都可以达到求实的目的,一个只想闻名而不想求实的人,表面上对人好,行动上却相反,居然自己并不怀疑。这种人虽然在国家有个空名,实际上并没有达到目的。"由此可见,"文"和"质"既有统一的关系(如"文质彬彬"),又有矛盾的一面,这一节如何翻译呢?

> Zi Zhang asked, "How can an intellectual be influential?" The Master said, "What do you mean by 'influential'?" Zi Zhang replied, "To be well-known in the state and in the noble house." The Master said, "Then what you mean is renown, not influence. An influential man should do and love what is right. He should examine people's countenance and observe their expressions, and think of others before himself. Then he will be influential in the state and in the noble house. A man of renown may seem good but do the contrary. He may think of himself before others without doubting about himself, so he becomes well-known(but not influential) in the state and in the noble house."

"达"字很不好译。如果"闻"指闻名,那"达"就应该指求实。韦利理解为"有影响的",译得很好。因为那样,"闻"可以理解为名义上有影响,实际上却没有,这样就和"达"对立起来了。但是"达"的意思抽象,"有影响"却具体,孔子为什么会提影响的问题呢?这又是顾此失彼了,只好弃卒保帅吧。这个译文很有现实意义。最近报上登了选举名师的报道,说选出来的十分之九都是教学不多的领导干部、校长、院长、主任等,而真正教学好的名师只有十分之一。这就是"闻"而不"达"了。可见半部《论语》还可以治天下。

第七节和第十一节也是谈政的。第七节说:"子贡问政。子曰:'足食,足兵,民信之矣。'子贡曰:'必不得已而去,于斯三者何先?'曰:'去兵。'子贡曰:'必不得已而去,于斯二者何先?'曰:'去食。自古皆有死,民无信不立。'"这节话谈得更具体,也更重要。孔子认为政治三要素是充足的粮食、充足的军备、人民的信任。如果必不得已要三者缺一,那可以先缺军备;如要二者缺一,那宁可先缺粮食。因为人缺粮食,最多不过是饿死,而自古以来,没有不死的人;如果没有人民的信任,那国家就站不住了,而国家总比个人重要。这话直到今天还有现实意义,理雅各和韦利如何翻译呢?两人都把粮食译成 food,信心译成 confidence,只有兵备,理译是 military equipment,韦译是 weapons。看来理译比韦译好,更加全面。但是两人都见物不见人,不如改成下列译文:

Zi Gong asked about the art of ruling. The Master said, "A country must have enough food, enough forces, and faith of the people." Zi Gong said, "Which of the three may be dispensed with if obliged to?" The Master said, "Military forces." Zi Gong asked, "Which of the two may be dispensed with if obliged to?" The Master said, "Food. Though people may die without enough food, yet it is so since the olden days. But without the faith of the people, a country cannot stand in the world."

今天看来,孔子的话可以用来说明天下兴亡,更好说明国家盛衰。

如新中国成立前夕蒋介石政府虽然有几百万大军,但是吃不饱饭,失去民心,结果是政府垮台,这说明军事不如经济,经济又不如民心重要。再如美国,军事世界第一,经济目前还是领先,但是金融危机失去人心,已经开始由盛转衰了,由此可见软实力的重要性。

第十一节说:"齐景公问政于孔子。孔子对曰:'君君,臣臣,父父,子子。'公曰:'善哉!信如君不君,臣不臣,父不父,子不子,虽有粟,吾得而食诸?'"第七节说明兵备不如民心重要,这一节更说明粮食也不如人心重要。因为政治要得人心,就要领导人和干部、父亲和儿子,各尽本分。如果领导贪污腐化,干部多吃多占,父亲不能以身作则,儿子胡作非为,像"文化大革命"那样,即使有了粮食,能吃得安心吗?这一节可以翻译如下:

> Duke Jing of the State of Qi asked about the art of ruling. The Master said,"In a country the prince should do the duty of a prince, the minister that of a minister, the father that of a father and the son that of a son."The duke said,"How true it is! If none of them should do their duty, how can we enjoy our meal though we have plenty of food!?"

如把君臣改为领导干部,那就可以古为今用了。

第十三章

（一）

第十三章第三节是谈政治的。"子路曰：'卫君待子而为政，子将奚先？'子曰：'必也正名乎。'子路曰：'有是哉，子之迂也！奚其正？'子曰：'野哉，由也！君子于其所不知，盖阙如也。名不正，则言不顺；言不顺，则事不成；事不成，则礼乐不兴；礼乐不兴，则刑罚不中；刑罚不中，则民无所措手足。故君子名之必可言也，言之必可行也。君子于其言，无所苟而已矣。'"这段对话很生动，写出了孔子和子路的性格、说话的口气、师生的关系。子路对孔子说："卫国的国君等待你去为他治理国家，你先做什么事呢？"孔子说："首先一定要正名分。"什么叫做"正名"？有不同的说法。但从孔子说的"君君臣臣"看来，就是君臣父子都要各尽本分，那"正名"应该是名副其实的意思；而且从现实的意义来讲，也是这样理解更好。可以古为今用，但是有啥说啥的子路不理解，他就毫不拐弯地说："老师怎么说这样不合时宜的话呢？治理国家怎么要正名分呢？"孔子说："子路，你怎么这样粗鲁，又撒野了！一个有知识的人对于自己不知道的事情,是不乱发表意见的,关于正名的问题,如果名分不正,名不副实,那说话怎能通情达理、顺理成章? 如果说话不顺情理,事情怎么能做得成? 如果个人的事做不成,那礼乐之治怎么行得通? 如果不能从正面用礼乐来教导人民,从反面用刑罚来惩治人民,又怎能轻重合度? 正面教育和反面刑罚都不起作用,老百姓不知道如何是好,那怎能治理国家呢? 所以有识之士一定要正名分,名副其实,才能言之成理;言之成理,才能够行得通,我说名正言顺,不过是表明说话做事,都要实事求是而已。"这节对话可以翻译如下:

> Zi Lu said, "The Prince of Wei is waiting for you to rule over his country. What will you do first?" The Master said, "First of all, things must be properly named." Zi Lu said, "How can you be so far from reality? Why should things be properly named first of all?" The Master said, "How rude you are, Zi Lu. A cultured man will keep silent on what he does not know. If things are not properly named, what you say about them cannot be right. If what you say is not right, how can you accomplish a task? If your task cannot be accomplished, how can ritual and music be properly performed? If ritual and music cannot be properly performed, how can punishment be adequately carried out? If punishment cannot be adequate, how can people know right from wrong? Therefore, a cultured man will first of all name the thing properly so that what he says may be right. If what he says is right, it can be properly carried out. What a cultured man

says must not be improper and incorrect. That is all I mean."

（二）

第十三章第四节说："樊迟请学稼。子曰：'吾不如老农。'请学为圃。曰：'吾不如老圃。'樊迟出，子曰：'小人哉，樊须也！上好礼，则民莫敢不敬；上好义，则民莫敢不服；上好信，则民莫敢不用情。夫如是，则四方之民襁负其子而至矣，焉用稼？'"樊迟（樊须）问孔子如何种庄稼。孔子说："种庄稼我不如老农夫。"樊迟又问如何种菜。孔子说："你不如去问老菜农。"樊迟走了。孔子说："樊迟不是一个人才，他不知道劳心者如何领导劳力者。其实只要领导人讲究礼仪规矩，老百姓自然会恭恭敬敬；领导人做事正正当当，老百姓自然会服服帖帖；领导人说到做到，老百姓自然会实事求是，不会隐瞒真情；只要领导人能够以身作则，老百姓就会从四面八方扶老携幼而来。领导人只要劳心，老百姓自然会劳力，哪里用得着学庄稼，用得着自己去劳动呢？"孔子的话流露了轻视体力劳动的观点。劳心者治人。劳力者治于人的思想，还有下面第六节的："子曰：'其身正，不令而行；其身不正，虽令不从。"这是身教重于言教的看法，所以只能批判接受。孔子的这些思想影响了中国几千年，造成了很大的危害，但是到了"文化大革命"期间，却又反其道而行之，过分强调体力劳动，认为脑力劳动不算生产力，把知识分子下放劳动改造，结果文化科技发展几乎中断多年。幸亏十一届三中全会提出科学技术是第一生产力的口号，才扭转形势，出现了今天和平崛起的时期。这样看来，《论语》还是只有半部可以治天下，不能古为今用的部分，不可用作正面教材。现在把这段对

 《论语》译话

话翻译如下：

> When Fan Chi asked about farming, the Master said, "I am not better than an old farmer." When asked about gardening, the Master said, "I am not better than an old gardener." When Fan Chi had gone out; the Master said, "Fan Chi is an uncultured man. If a cultured ruler loves the rites, no people would be disrespectful. If the ruler loves what is right, no people would be disobedient. If the ruler loves the truth, no people would disregard reality. If such is the case, then people from all the corners of the world would come to him with their babies strapped on their back. Why need he learn farming?"

孔子认为自己种庄稼不如老农，种菜不如菜农，并没有轻视劳力者的观念，但他认为劳心者治人，劳力者治于人的看法，却不合乎今天的民主思想，不能继承。他说的"其身正，不令而行"可能过分夸大了榜样的作用，只能批判接受，这段话（第六节）可以翻译如下：

> An upright man will be obeyed though he gives no order. If he is not upright, the order he gives will not be obeyed.

（三）

理论与实践的关系也是言与行的关系。第十五节说："定公问：'一言而可以兴邦，有诸？'孔子对曰：'言不可以若是其几也。人之言曰："为君难，为臣不易。"如知为君之难也，不几乎一言而兴

邦乎?'曰:'一言而丧邦,有诸?'孔子对曰:'言不可以若是其几也。人之言曰:"予无乐乎为君,唯其言而莫予违也。"如其善而莫之违也,不亦善乎? 如不善而莫之违也,不几乎一言而丧邦乎?'"

鲁定公问孔子:"一句话可以使国家兴盛吗?"孔子答道:"话不能这么说,不过有人说过:'做好国君很难,做好臣子也不容易。'如果知道做国君的困难,而兢兢业业地去克服,那差不多就是'一言兴邦'了。"定公又问:"一句话可以失掉国家吗?"孔子答道:"话不能这样说,有的人喜欢做国君,因为国君的话没有人敢违抗,如是话说得对,那自然好,如果话说错了,那不会造成国家的损失吗?"

这话直到今天还有现实意义,如"文化大革命"期间,一句"造反有理"造成了天下大乱,经济崩溃;一个"改革开放"又带来了和平崛起,经济复兴,这就几乎是一言兴邦,一言丧邦了。这话可以翻译如下:

> Duke Ding asked whether there was a word which could make a country prosperous. Confucius said, "A word could hardly do that. But I have heard it said that to be a prince is more difficult than to be a minister. If a ruler really understands that, can we not say that a word may nearly prosper a country?" Duke Ding asked then if there was a word which could ruin a country. The Master said, "A word could hardly do that. But I have heard of a prince who finds pleasure only in that none oppose to what he says. It is good if what he says is right and unopposed. But what if it is wrong? Is it not then a word which may bring about the decline or downfall of a country?"

《论语》译话

以上说的是"为君难",而"为臣不易"呢?第十九节说:"居处恭,执事敬,与人忠,虽之夷狄,不可弃也。"第二十节说:"行己有耻,使于四方,不辱君命。"又说:"言必信,行必果。"这就是说,做臣子的在家要谨慎,做事要认真;对人要老实,对内对外都一样,要有自知之明。知过必改,办外交时要能完成使命,说到就要做到。这两段话可以翻译如下:

Section 19. A good official respects himself in private life and respects others in public life. Trustworthy in business, he remains the same though among uncivilized tribes.

Section 20. A man ashamed of his misbehavior and loyal to the prince's commission when sent abroad may be a good official. He should be faithful in word and in deed.

第十四章

（一）

第十四章继续谈"仁"，有的从正面谈，有的从反面说，如第一节："宪问耻。子曰：'邦有道，谷；邦无道，谷，耻也。''克、伐、怨、欲，不行焉，可以为仁矣？'子曰：'可以为难矣，仁则吾不知也。'"原宪问孔子什么事可耻？孔子说："国家政治上了轨道，你领薪水吃公粮；国家走上歪门邪道，你也照领薪水吃公粮，这就可耻了。"这话和第八章第十三节说的："邦有道，贫且贱焉，耻也。邦无道，富且贵焉，耻也。"内容相同，这里就不再讲。原宪又问："如能克制自己，不争强好胜，不自吹自擂，不怨天尤人，不贪得无厌，是不是可以算是个仁人呢？"孔子说："这只可以说是难能可贵，能不能算仁人我还不知道呢。"这就是婉转地说，克制自己只是消极地不做错事。而仁人应该积极地做好事，这就从反面回答了什么是仁。理雅各和韦利（在括弧中）的译文是：

Yuan Xian asked what was shameful (compunction). The Master said, "When good government prevails in a state(a country is ruled according to the Way), to be thinking only of his salary; and when bad government prevails, to be thinking, in the same way, only of his salary,—this is shameful." When the love on superiority (mastery), boasting(vanity), resentments and covetousness are repressed, may this be deemed perfect virtue? The Master said, "This may be regarded as the achievement of what is difficult. But I do not know that is to be deemed perfect virtue(whether he should be called Good)."

比较一下两种译文,我觉得理雅各的"仁"译得比韦利好,韦利译文力量不够,你不能说一个不骄不吹、不怨不贪的人不是一个好人,但可以说他并不是一个道德完美的人。其他译文倒是韦利后来居上。"耻"是做了错事的感觉,"有道"比理译更加意似形似,理译的"克"几乎要使人误以为是反对超越了,"伐"也不如韦译内容丰富深刻。所以总的说来,韦译略胜一筹。

第三节也是谈有道和无道的:"子曰:'邦有道,危言危行;邦无道,危行言孙。'""危"字如何理解?《广雅》说:"危,正也。"那全句的意思就是:国家走上正道,言行都要正直,说实话,做实事;国家没上正道,实事还是要做,说话却要谨慎。《礼记注》说:"危,高峻也。"意思就是高于常人。那全句就是说:治世言行可以高于群众,乱世就要高调做事,低调说话,这就是要明哲保身了。译文如下:

When the state goes on the right way, one may be straightforward in word and in deed. When it goes on the wrong way, one should be honest in deed but cautious in word.

第十四章

第四节谈仁和言行的关系:"子曰:'有德者必有言,有言者不必有德。仁者必有勇,勇者不必有仁。'"这就是说,道德高尚的人一定会有流传于世的言论,但是言论流传于世的人不一定道德高尚;有道德的仁人一定勇敢,但勇敢的人不一定有高尚的道德。所说的"有德者"和"仁者"都指有仁德的人;但"言"是不是指流传于世的言论?那程度就不一定了。勇是指内在的还是外在的勇?如果说外在表现得勇敢的人不一定有高尚的道德,那还说得过去;如果说内心勇敢的人道德不一定高尚,那就有问题了。现在看看理雅各和韦利的译文:

1. The virtuous will be sure to speak correctly, but those whose speech is good may not always be virtuous. Men of principle are sure to be bold, but those who are bold may not always be men of principle. (Legge)

2. One who has accumulated moral power will certainly also possess eloquence; but he who has eloquence does not necessarily possess moral power. A Good man will certainly possess courage, but a brave man is not necessarily Good. (Waley)

"有德"理译用形容词,韦译却用了定语从句,说是积累了道德力量的,显得力量更大。"有言"理译只是说话正确,韦译却是能言善辩力量又大得多。"仁者"理译说是有原则的人,韦译只是大写的好人,却又范围太广;"勇"字理译不如韦译。取长补短,可用以下译文:

A virtuous man will say what is right. but one who says

what is right may not be a virtuous man. A virtuous man will be brave, but a brave man may not be virtuous.

关于"仁"和"勇"的关系,孔子在第二十八节中说:"君子道者三,我无能焉:仁者不忧,知者不惑,勇者不惧。"一个君子要具备"知、仁、勇"三个条件,可惜我都没有做到,仁就是没有忧虑,知就是没疑惑,勇就是没有惧怕。朱熹《论语集注》说:"自责以勉人也。"认为孔子这样责备自己,是为了勉励别人。其实知、仁、勇都是相对的,没有绝对的"不忧""不惑""不惧",所以孔子没有说错。译文可有两种:

1. The way of the superior man is threefold, but I am not equal to it. Virtuous, he is free from anxieties; wise, he is free from perplexities; bold, he is free from fear. (Legge)

2. An intelligentleman is three in one, but I am none. A good man should be carefree, a wise man doubtfree and a brave man fearless. (XYZ)

关于仁人和君子的区别,从君子是"知、仁、勇"三位一体的观点看来,似乎君子更加全面。但是第六节:"子曰:'君子而不仁者有矣夫,未有小人而仁者也。'"既然君子也有不仁的时候,那仁人又可能比君子更有深度了。小人有时指下等人,有时指普通人,这里说小人没有仁德,自然是说下等人了。可见孔子说话往往一词多义,需要具体分析。下面看看理雅各和高等教育出版社的译文:

1. Superior men, and yet not always virtuous, there have been, alas! But there never has been a mean man, and at the same time, virtuous. (Legge)

第十四章

2. A cultured man may fall short of virtue, but none of the uncultured men will love virtue.（高等教育出版社版本）

理雅各说,可惜有些上等人并不时时刻刻都德高望重,而下等人却没有同时又是道德高尚的。高等教育出版社的译文说有教养的人可能品德会有缺陷,没有教养的人却不爱美德。理译加了"可惜"二字,表示惋惜之意,加得不错;但又加了"同时",似乎没有必要,高等教育出版社的译文用有无教养来区别君子和小人,比理译更具体,不爱美德也比没有美德更加婉转,但都说明了美德不是绝对的,而是相对的。

关于君子和小人的区别,第二十三节:"子曰:'君子上达,小人下达。'""上达"指天,指抽象的"德""义","下达"指地,指具体的"土""利",和第四章第十一节"君子怀德,小人怀土"一样,也和第四章第十六节的"君子喻于义,小人喻于利"差不多,西方人如何理解呢？我们看看理雅各和韦利的译文:

1. The progress of the superior man is upwards. The progress of the mean man is downwards. (Legge)

2. The gentleman can influence those who are above him, the small man can only influence those who are below them. (Waley)

理雅各说,君子的发展向上,小人的发展向下。韦利说,君子能够影响比他高的人,小人只能影响比他低的人。理译比较抽象,韦译比较具体,但韦译的君子和小人都不好,第四章第十一节"君子怀德,小人怀土"如何翻译呢？再看看理雅各和韦利的译文:

1. The superior man thinks of virtue, the small man

thinks of comfort. (Legge)

2. Where gentlemen set their hearts upon moral force, the commoners set theirs upon the soil. (Waley)

理译精炼,说君子要道德,小人要安逸。韦译的"小人"比理译好,第十四章第二十三节如果和第四章第十一节合起来翻译,就容易理解了。

A cultured man who cares for virtue goes upwards while an uncultured man who cares for land goes downwards.

关于"上达""下达",第三十五节:"子曰:'莫我知也夫!'子贡曰:'何为其莫知子也?'子曰:'不怨天,不尤人;下学而上达。知我者,其天乎!'"这是孔子怀才不遇的感叹,他说:"可惜没有人了解我啊!"子贡问道:"怎么会没有人了解你呢?"孔子答道:"这不能怪天,也不能怪人。我学的和教的都是天下的人世之道,但人道和天道是息息相通的,所以只有'天'才能理解我了。"这话的理解也各有不同,我们看看理雅各和韦利的译文:

1. The Master said, "Alas! There is no one that knows me." Zi Gong said, "What do you mean by thus saying—that no one knows you?" The Master replied, "I do not murmur against Heaven. I do not grumble against men. My studies lie low, and my penetration rises high. But there is Heaven—that knows me."(Legge)

2. The Master said, "The truth is, no one knows me(No ruler recognizes my merits and employs me)." Zi Gong said, "What is the reason that you are not known?" The Master

said, "I do not 'accuse Heaven nor do I lay the blame on men'. But the studies of men here below are felt on high, and perhaps all I am known, not here, but in Heaven!" (Waley)

两人都把"知"译成 know,韦利加了一个注解,说是没有一个君王承认孔子的德才,没有谁用他做大臣,这就更具体了,更清楚了。两人的"怨天尤人"都译得不错,各有千秋,但是"下学上达"却又不够明白,理雅各说是学习研究的很低,眼光很高。到底什么意思,不好理解,韦利的译文说对世上苍生的研究,苍天也会有所感知,所以说到底,孔子的价值也许还是会得到承认的,不过不是在人间而是在天上,这个译文似乎好些,但是否合乎孔子的原意,也不敢肯定,《皇·义疏》中说:"下学,学人事;上达,达天命。我既学人事,人事有否有泰,故不尤人;上达天命,天命有穷有通,故我不怨天也。"现在参考这个注释。翻译如下:

The Master said, "It is a pity that none understands me." Zeng Cen asked why. The Master said, "I do not complain against Heaven and lay no blame on men. I only learn laws human and divine. So only Heaven understands me."

孔子不为君主所用还有一个原因,就是他"知其不可为而为之",如第三十八节所说:"子路宿于石门。晨门曰:'奚自?'子路曰:'自孔氏。'曰:'是知其不可而为之者与?'"子路在石门过夜,守门人问他从哪里来。他说从孔子那里来。守门人就说了这话,可以译成:

Zi Lu said that he came from Confucius. The gate-keeper said, "Is it the man who would try the impossible?"

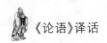《论语》译话

"知其不可为而为之"是孔子言行的积极面,对后世的影响不小。就拿诗词翻译来说,不少人认为是不可能的,如余光中《给艺术两小时》第93页记录了他和诺贝尔奖评委马悦然的谈话:

马:李清照、周邦彦这些人的词都毫无办法(翻译)!

余:不只是音调,像杜甫《登高》里面这两句:"无边落木萧萧下,不尽长江滚滚来。""无边落木"的"木"的后面有"萧萧",两个草字头,草也算木。"不尽长江"呢,"江"是三点水,后面就"滚滚"而来。这种字形,视觉上的冲击,无论你是怎样的翻译高手都是没有办法的!

他们都认为有些诗词因为音调或字形的关系,是没有办法翻译的,但香港版的《唐诗三百首》却"知其不可为而为之",把这两句译成:

The boundless forest sheds its leaves shower by shower.
The endless river rolls its waves hour after hour.

译文说是无边无际的森林把树叶潇潇洒洒地撒满大地;无穷无尽的长江时时刻刻波涛滚滚地奔流向前。译文把原文对称的字形"无边"和"不尽"译成对称而词尾相同的 boundless 和 endless,可以说是视觉上产生了类似的冲击,又把"萧萧"译成音近而意近的 shower by shower,而且和动词 shed 都是 sh 的头韵或双声,再把"长江滚滚"译成 river rolls,而这主语、谓语都是 r 的头韵或双声,可以在听觉上产生类似的冲击,结果译文在国内外受到读者的欢迎,英国企鹅图书公司出版的《中国古诗词三百首》中也已选用。《唐诗三百首》中还选用了李清照的《声声慢》,如"梧桐更兼细雨,到黄昏点点滴滴"。

On broad plane leaves a fine rain drizzles

第十四章

As twilight grizzles

原文"点点滴滴"视觉和听觉上的冲击,译文用 drizzles 和 grizzles 两个词形和词音都相似的动词来传达,结果也得到国内外读者的好评,这些都可以说是继承和发扬了孔子"知其不可为而为之"的精神。

第四十二节说:"子路问君子。子曰:'修己以敬。'曰:'如斯而已乎?'曰:'修己以安人。'曰:'如斯而已乎?'曰:'修己以安百姓。修己以安百姓,尧舜其犹病诸!'"子路问孔子怎样才算君子,孔子说君子爱修身,要敬业。子路说:"这就够了吗?"孔子说:"自己修身,使人安乐。"子路再问。孔子就说:"自己修身,要使百姓人人安乐,连尧舜这样的圣君都不容易做到呢!"可见孔子的人生哲学是修身敬业,政治哲学是人人安居乐业,"知其不可为而为之"是修身敬业的最高表现。孔子的话可以翻译如下:

> An intelligentleman should cultivate himself and do his duty with respect. He has to cultivate himself so as to make others live in comfort, to make all the people live in comfort. Such is the end the sagacious emperors would have attained.

第十五章

（一）

第十五章第五节："子曰：'无为而治者其舜也与？夫何为哉？恭己正南面而已矣。'"这是孔子第一次提到"无为而治"，并且举舜为例，说他因为有德，并且会用人才，所以自己只要正襟危坐在帝位上，以身作则，并不亲自发号施令，却可以达到天下大治，这和第二章第一节说的"为政以德"，第三节说的"道之以德"，都有相通之处，西方人是如何理解的呢？我们看看理雅各和韦利的译文：

1. May not Shun be instanced as having governed efficiently without exertion? What did he do? He did nothing but gravely and reverently occupy his imperial seat. (Legge)

2. Among those that ruled by inactivity surely Shun may be counted. For what action did he take? He merely placed himself gravely and reverently with his face due south, that was all. (Waley)

第十五章

"无为而治"韦利只是按字面译,理雅各却加了形容语,说是不必努力就可以有效统治,更好理解。"南面"韦利也是译字,说是面朝南。理雅各却是译意,把南面换成"帝位",又更好懂。自然还可以更进一步,把"不努力"改为"不干涉"(non-interference),把"帝位"中的 seat 改成 throne,那就更能说明帝舜知人善任,所以天下大治了。

"无为而治"在《老子》中已经提到。第三章说:"是以圣人之治,虚其心,实其腹;弱其志,强其骨,常使民无知无欲,使夫智者不敢为也。为无为,则无不治。"老子的意思是说圣人治理天下,要使老百姓吃饱饭,而不胡思乱想;使人身体健康,心里却不强求多得;使人没有非分之想,没有贪得之念。即使自私自利的聪明人想利用他们做坏事,也做不成。使人做不成坏事,那就天下大治了。如果这样解释,老子的"无为"从反面来说,使人不做坏事;孔子的"无为"却说只要以身作则,以德服人,又能知人善任,让贤人尽其所能,不加干涉,那么即使自己无所作为,也是可以治天下的。把孔子和老子的话结合起来,似乎可以改译如下:

> Emperor Shun ruled by inactivity. What did he do but employ wise ministers without interference to strengthen the people's health and weaken their desires?

这话直到今天,还有现实意义,例如北京大学校长蔡元培,既能用马克思主义者陈独秀,也能用实用主义者胡适之,他兼容并蓄,不加干涉,结果开创了百家争鸣的学术繁荣形势,到了"文化大革命"期间,只许一花独放,不同意见都要受到批判,就造成了万马齐喑的局面。到了今天,《光明日报》(2009 年 10 月 22 日)发表了《高校要去行政化》,也就说明行政干预学术,妨碍了学术的发展。

《论语》译话

第十一节说:"颜渊问为邦。子曰:'行夏之时,乘殷之辂,服周之冕,乐则《韶》《舞》,放郑声,远佞人。郑声淫,佞人殆。'"颜渊问孔子如何治理国家。孔子说:"用夏朝的历法,坐殷朝的车子,戴周朝的帽子。至于音乐,可以用帝舜的《韶》乐,周武王的《舞》曲。不要听郑国人唱歌,不要接近专说好话的人,因为郑国人唱歌轻浮浅薄,听好话容易上当受骗。"可见孔子虽然赞美"无为而治",他还是主张"礼乐之治"的。因为夏朝的历法基本上是今天的农历,规定农民春种夏耕、秋收冬藏的礼法,戴帽坐车,规定人们衣食住行的礼仪。《韶》是帝舜的音乐,孔子认为是尽善尽美的;《舞》(武)是周武王的颂歌,说武王继承文王,就像春夏秋冬一样承前启后,符合天命,符合自然,都是天人合一,可以说明为邦之道。以上都是正面,以下再说反面,就是不听郑声,不听奉承。总之,前三句讲礼,后五句讲乐,所以说是"礼乐之治",可以翻译如下:

> Yan Yuan asked how to serve in a state. The Master said, "Use the calendar of Xia, ride in the carriage of Yin, wear ceremonial dress of Zhou; play the music of Emperor Shun and dance to the tune of the Martial King. Reject the songs of Zheng which are licentious and keep away from flatters who are dangerous."

用夏朝的历法是上应天时,坐殷朝的车子是下尽地利,穿周朝的礼服、听虞舜的音乐是中致人和,孔子要用三代的礼乐,因为礼模仿自然的秩序,乐模仿自然的和谐。礼乐就使天时、地利、人和三合一了,郑声轻浮浅薄,佞人甜言蜜语,都不利于人和,所以孔子提出警告,就是要人重德轻色的意思。

第十三节又说:"吾未见好德如好色者也。"据《史记·孔子世

第十五章

家》中说,孔子"居卫月余,卫公与夫人(南子)同车,宦者雍渠参乘出使孔子为次乘,招摇过市之。"这就是说,卫公夫妇同孔子出游,招摇过市,因为夫人南子是个美人,大家都看南子,不看孔子。于是孔子就说:"我没有看见人喜欢美德能像喜欢美人一样。"这句话在古代中国影响很大。我们看看理雅各和韦利的译文:

1. I have not seen one who loves virtue as he loves beauty (Legge)

2. In vain have I looked for one whose desire to build up his moral power was as strong as sexual desire. (Waley)

理雅各几乎是直译:我没有见过像爱美一样爱德的人。韦利却译得更具体:建立道德力量的欲望,总不如性欲那样强烈。这个译文就太现代化了。这倒也说出了中西文化的一个差别,中国人爱美比西方人更重精神的一面,西方人更重物质的一面,中国古代常说美人误国,重的是德;西方却多歌颂美人,重的是色。中西双方结合起来,可以把这句话翻译如下:

Never have I seen a man who loves his duty more than beauty.

(二)

关于德与色的问题,第六章第二十八节说:"子见南子,子路不说。夫子矢之曰:'予所否者,天厌之!天厌之!'"刚刚说了南子是卫灵公美丽的夫人,名声不好,是一个有色无德的美人,孔子居然去见她,引起了子路的不满,孔子就对他发誓说:"我如果做了什么

《论语》译话

好色败德的事,上天都会惩罚我的!上天都会惩罚我的!"可见好德而不好色是多么难,这个故事可以翻译如下:

> When Zi Lu was displeased with the Master's visit to the ill-famed beautiful Princess Nan Zi, the Master swore, "If I had done anything wrong, may Heaven reject me! May Heaven reject me!"

从这个故事中可以看出孔子对德和色的态度、言行一致的作风和师生平等的关系。师生关系还可以从下面几节看出。

第十五章第三节中,"子曰:'赐也,女以予为多学而识之者与?'对曰:'然。非与?'曰:'非也,予一以贯之。'"孔子对子贡说:"你以为我是个博学鸿才,见多识广的人吗?"子贡说:"是的,难道不是这样的吗?"孔子说:"不是的,我不过是从广博的见闻中看出一条道理,又在后来的见闻中检验这条道理是不是站得住而已。"孔子是多么平凡,平凡中又显得多么伟大。其实,伟人多是平凡中见伟大的。我们看理雅各是如何理解的:

> The Master said, "Ci, you think, I suppose, that I am one who knows many things and keeps them in memory?" Zi Gong replied, "Yes, but perhaps it is not so?" "No." was the answer, "I seek a unity all-pervading."

孔子问子贡:"你是不是认为我是个知道得多而都记得住的人?"子贡说是,孔子却说不对,他不过是在寻找一条什么事都说得通的规律罢了。有没有什么事都说得通的规律(unity)?这是不是符合孔子的意思?我们再看看韦利最后一句的译文:

> I have one (thread) upon which I string them (many

things)all.

韦利把理雅各的"规律"(一致性、同一性)换成线索,更好理解。把"什么事"换成"许多事",也更合乎情理,但把"寻找"换成"有了"却又不如理译。可否取长补短,参考二人译文,改译如下?

I know only one in many and many in one.

用 one in many(多中见一)来译"一",又用 many in one(一中有多)来译"贯之",这就可以看出孔子思想和柏拉图思想有相通之处,甚至和实践是检验理论的标准也有关系,因为"一以贯之"中的"一"指理论,"之"指实践,理论是贯穿在实践中的,所以实践可以检验理论,并且是检验真理的标准。可见孔子思想在今天还很有用。其实,第四章第十五节已经说过:"吾道一以贯之","忠恕而已矣。"(Our Master's principles can be simplified into loyalty and leniency.)

关于忠恕之道,解释很多,我觉得还是朱熹《论语集注》说得好:"尽己之谓忠,推己之谓恕。""尽己"就是尽其在我,无论对人对事,尽了我最大的努力,这就是忠于人,忠于事,用英文来说,就是 do our best,"推己"就是推己及人,将心比心,用孔子自己在第十五章第二十四节的话来说,就是"己所不欲,勿施于人。"而忠字用孔子在第六章第三十节的话,就是"己欲立而立人,己欲达而达人。"译成英文,要看具体情况,加以具体分析。如"忠恕"并用,可以译成 loyalty and leniency;"忠信"并用,却可译为 truthful and faithful。因为这两个译文既是意似,又有意美,还有双声叠韵的音美、重复词尾的形美,三美具备,更能传达孔子的千古名言。

第十五章第六节说:"子张问行。子曰:'言忠信,行笃敬,虽蛮貊之邦，行矣。言不忠信，行不笃敬，虽州里，行乎哉？"子张问一个人的行为应该怎样才算好，孔子说："人要忠诚老实，说话算数，做事慎重可靠，即使到了文化落后的远方外邦，事情也会顺利进行；如果人不老实，言而无信，做事毫不考虑对方，那即使在本乡本土做什么事能不碰钉子吗？""忠信"二字怎么翻呢？先看韦利的译文：

> Zj Zhang asked about getting on with people. The Master said,"Be loyal and true to your every word, serious and careful in all you do; and you will get on well enough, even though you find yourself among barbarians. But if you are disloyal and untrust-worthy in your speech, frivolous and careless in your acts, even though you are among your own neighbors, how can you hope to get on well?"

韦利的译文说："子张问怎样和人相处。孔子说：'说每句话都要忠诚老实，做每件事都要严肃小心，你就会和人相处得很好，即使你和野蛮人在一起也不要紧，如果你说话不老实，不可靠，做事又随随便便，满不在乎，那即使你和左邻右舍在一起，能够相处得好吗？'"韦利把"行"解释为"相处"，译得相当灵活；但"忠信"却译得不如"行"字。全句拖沓，没有传达孔子言简意赅的文风。可以改为：

> Zi Zhang asked about good behavior. The Master said,"Sincere in what you say and trustworthy in what you do, you'd behave well even among uncivilized tribes. Insincere in word and untrustworthy in deed, could you behave well in

your own village?"

关于言的问题,第八节:"子曰:'可与言而不与之言,失人;不可与言而与之言,失言。知者不失人,亦不失言。'"不同知心的人谈心,会错过知心人;同不知心的人谈心,会浪费心里话。聪明人既不错过,也不浪费。这句话说来容易做来难。可以翻译如下:

> Not to talk to a worthy man is to lose the man, and to talk to an unworthy man is to waste words. A wise man would do neither.

(三)

第十五章谈君子谈得多,如第十八节:"子曰:'君子义以为质,礼以行之,孙以出之,信以成之。君子哉!'"君子的本分是做应该做的事,做的时候要彬彬有礼,说的时候要谦虚谨慎,并且有信心把事做好。这种君子在古代、在今天都是受欢迎的,全句可以翻译如下:

> An intelligentleman thinks it his duty to do what is right, carries it out according to the rules of propriety, speaks modestly and accomplishes it faithfully. Such is an intelligentleman.

关于君子,第二章已经谈过,如第十二、十三、十四节。第二章第十二节:"子曰:'君子不器。'"用今天的话来说,君子不是工具,不是工匠,不是专门技术人才,而应该是个通才。理雅各把"器"译成 utensil(器具),韦利译为 implement(工具),都只译了词,如要译

意,可以译成:

An intelligentleman is not a mere specialist.

不过这个看法和今天的观念不太一致。新中国成立初期的三十年认为知识分子是工具,后来认为是技术人才,再后来又发现文化知识欠缺,知识分子应该是通才加专才(to know something about everything and everything about something)。由此可见孔子的话还是有参考价值的。

第二章第十三节:"子贡问君子。子曰:'先行其言而后从之。'"子贡是个聪明学生,能说会道,所以孔子说:"君子说话,先要能够做到,然后再说到。"可见孔子是按照具体情况作具体回答的。理雅各和韦利的译文分别是:

1. Zi Gong asked what constituted the superior man. The Master said, "He acts before he speaks, and afterwards speaks according to his actions."(Legge)

2. He does not preach what he practises till he has practised what he preaches.(Waley)

理雅各说,说话先要做到,说后还要照着去做,译文比较周到。韦利却说,没有做到的事不说,要等到做后再说,译文更加简练,而且用了 pr 双声,但是还可以再精简一点,译成"先做后说":

An intelligentleman is one whose deeds precede his words.

第二章第十四节:"子曰:'君子周而不比,小人比而不周。'"这话有各种解释。一般说来,"周"指周到、包容,"比"指比较得失,我们看韦利的译文:

第十五章

> A gentleman can see a question from all sides without bias. The small man is biased and sees a question only from one side.

韦利说君子看问题全面而无偏见，小人有偏见而片面。不如译成：

> An intelligentleman cares for the whole more than for the parts, while an uncultured man cares for the parts rather than for the whole(or for the gain or loss of the parts).

第十五章第十九节到第二十三节都谈君子。第十九节："子曰：'君子病无能焉，不病人之不己知也。'"说君子只怕自己没有能力，不怕自己不为人所知。这和第一章第十六节说的"不患人之不己知，患不知人也"有同有异，相同的是：不怕人不知道自己；不同的是：第一章怕无知。第十五章怕无能。总之，不怕实高于名，只怕名高于实。名不副实，和第一章说的"人不知而不愠"是一致的，两节可以翻译如下：

> Section 16. Fear less that you are not understood and recognized than that you do not understand and recognize others.

> Section 19. An intelligentleman regrets that he is incapable, and not that he is unknown.

第二十节："子曰：'君子疾没世而名不称焉。'"这句有两种不同的解释。第一种说君子感到遗憾的是：到死都没有得到好名。这把"没"理解为"死"。第二种说君子厌恶这个名不副实的黑暗末世，这把"没世"理解为"来世""黑暗时代"，有人认为第一种解释和"人不知而不愠"矛盾。其实，孔子反对的只是名高于实，并不反对

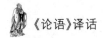

名副其实。第十三章第三节不就说了"必也正名乎?"所以这句有几种译文:

1. The superior man dislikes the thought of his name not being mentioned after his death. (Legge)

2. A gentleman has reason to be distressed if he ends his days without making a reputation for himself. (Waley)

3. An intelligentleman dislikes the age of decadence when names belie facts. (XYZ)

前两种西方译文认为君子不喜欢死而无名,后一种只反对名不副实。

第二十一节:"子曰:'君子求诸己,小人求诸人。'"这句也有两种解释:一种说君子严格要求自己,小人严格要求别人;另一种说君子依靠自己,小人依靠别人。西方人采用第一种理解。理雅各把"求"译成 seek,韦利译成 demand,中国人采用第二种理解,译文如下:

An intelligentleman relies on himself while an uncultured man relies on others.

第二十二节:"子曰:'君子矜而不争,群而不党。'"君子矜持,有自知之明,不争高低;只交朋友,不结党营私,这说出了古代君子的特点。"矜"字韦利译为 proud,不如理雅各。取长补短,可译如下:

An intelligentleman is dignified but not disputative, sociable but not partisan.

第十五章

第二十三节:"子曰:'君子不以言举人,不以人废言。'"不能因为一个人说了好话,就说他是好人,也不能因为他对你不好,就连他的好话也不听,这说明了人和言的辩证关系及君子实事求是的态度。

An intelligentleman will not like a man for his good words, nor dislike the good words of a man whom he dislikes.

(四)

第十五章还谈到君子和"道"的关系,如第三十二节:"子曰:'君子谋道不谋食。耕也,馁在其中矣;学也,禄在其中矣。君子忧道不忧贫。'"这就是说,君子追求的是实行礼乐之道,不是酒足饭饱。只要耕种,不必担心饥饿;只要学习,不必担心俸禄。君子担心的是不能实行礼乐之道,而不担心会过贫穷的生活,可见孔子把精神生活放在物质生活之上。西方人是如何理解的呢?我们看看韦利的译文:

A gentleman, in his plans, thinks of the Way, he does not think how he is going to make a living. Even farming sometimes entails times of shortage; and even learning may incidentally lead to high pay. But a gentleman's anxieties concern the progress of the Way; he has no anxiety concerning poverty.

韦利说君子在谋划时只想到"道",而不想到如何谋生。即使耕种有时会带来缺衣少食的时候,即使学习会很容易得到高额的报酬,

《论语》译话

君子关心的是"道"的进展,而不关心贫穷。韦利的"道"不如理雅各的译文 truth(道理、真理)明确,如果加两个词,译成 the Way to Truth,也许更好懂,两个"即使"句显得不连贯,可以改成:

> An intelligentleman seeks after truth instead of food. Plowing, he may not worry about hunger; nor about high pay for his studies. He is more eager for truth than worried about poverty.

现在看来,孔子重精神、轻物质的思想,对今天还有一定的影响。但和"存在决定意识"的思想,有没有矛盾呢?

第二十九节:"子曰:'人能弘道,非道弘人。'"这句说的也是人和道的关系,但是解释也有不同。一种说人是主观世界,道是客观规律,人能发挥主观能动性,充分利用客观规律,使规律发挥作用,发扬光大。但客观规律没有主观能动性,所以不能改造人的主观世界,使人得到发扬光大。另一种解释说道可分为天道和人道。"人能弘道"中的"道"指的是人道,"非道弘人"中的"道"指的是"天道","天道"有常,"不为尧存,不为桀亡,四时行焉,百物生焉",不会因为尧是好皇帝而延长春天,也不会因为桀是坏皇帝而缩短他的寿命,所以说客观规律不能改变主观世界。这一节的英译文是:

> A man can enlarge the principles which he follows, those principles do not enlarge the man. (Legge)

理雅各说一个人能扩大他所遵循的原则,这些原则不会使这个人变得更高大。译的是词,如要译意,可以考虑以下译文:

> The subjective can amplify the objective, but the objective can not amplify the subjective.

今天看来,孔子的话可能要改成"人能弘道,道能弘人",就是时势造英雄,英雄造时势,互为因果的辩证关系了。

第三十四节:"子曰:'君子不可小知而可大受也;小人不可大受而可小知也。'"朱熹《论语集注》说:"盖君子于细事未必可观,而才德足以任重;小人虽器量浅狭,而未必无一长可取。"这就是说君子小事可能糊涂,所以不能根据小事来衡量他,却可以让他做大事;小人不可以接受大任务,但却不一定没有小聪明。这节可以翻译如下:

> An intelligentleman may not know minor matters, but he can be entrusted with major duties. An uncultured man cannot be entrusted with major duties, but he may know minor matters.

到了今天,这句话应该如何理解呢?一个人小事糊涂,怎能让他担任大事?怎能判断他是一个君子?一个人小事聪明,怎么不能让他试做大事?怎能判断他是一个小人?每个人都应该先做几件小事,可能有的做得好,有的做得不好,如果都做得好,或者多数做得好,只是偶尔糊涂,如牛顿煮表那样,那就可以让他试做大事;如果每件小事都做不好,那怎能让他做大事呢?只能让他改换工作,从小事做起,再根据情况,看他能不能做大事了。如果每件小事或者多数小事都显得很聪明,为什么不能让他做大事呢?做事都是从小到大的,经验越多越好,但也容易保守,也有累积失败经验,最后得到成功的。所以要具体情况具体分析,不可一概而论。《论语今读》中说得好:"人各有才,优劣同在,故不能求全责备,'小人'也有一技之长。'君子'也有各种弱点和缺失。"这就是古为今用了。

君子也有过错,但是过而能改,善莫大焉。第三十节:"子曰:

'过而不改,是为过矣。'"(Not to mend a fault is to make a fault.)可见君子是有过必改的,但是不是大家说一个人有过错,他就是错了呢?也不一定。第二十八节:"子曰:'众恶之,必察焉;众好之,必察焉。'"大家都说一个人不好,是不是可以相信呢?一定要看大家为什么这么说,大家都说一个人的好话,是不是可以相信呢?也不一定,这要看大家为什么说他好,这话说出了孔子实事求是的精神,可以译成:

> If a man is disliked by all, inquiry must be made. If he is liked by all, inquiry must also be made.

孔子这句话不但可以用于人,也可以用于书。《中华读书报》2009年11月11日第一版登了一条翻译《红与黑》的故事,说"不存在一个中国化的《红与黑》,只存在一个定格在叫做郭宏安的译者笔下的《红与黑》。"这就有点像是在说中国化的《红与黑》是"众恶之",郭宏安的《红与黑》是"众好之"的了,但是察看一下两个译文:

1. 郭宏安的译文:心肠硬构成了外省人全部的智慧,由于一种恰如其分的补偿,此刻他最怕的两个人正是他的两个最亲密的朋友。

2. 中国化的译文:外省人的处世之道是外强中干,口是心非,现在报应落到他头上了,他内心最怕的却是他口头上最好的朋友。

两种译文到底哪种"众恶之"呢?可见孔子的话还有用处。

(五)

第十五章第二节说"君子固穷,小人穷斯滥矣。"君子应该经得起贫穷的考验,小人就经不起,什么坏事都会做出来,不但贫穷是

第十五章

个考验,富贵也是。第四章第五节说:"富与贵,是人之所欲也。不以其道得之,不处也。贫与贱,是人之所恶也,不以其道去之,不去也。君子去仁,恶乎成名?"人人都要富贵,都厌恶贫贱。如果得到富贵,要走不正当的道路,君子是不干的,第七章第十六节中不是说"不义而富且贵,于我如浮云"吗?走不正当的途径得到的富贵,对于君子来说,就像天上的浮云一样,君子并不想据为己有。所以君子如果贫穷,假使要走歪门邪道才能摆脱,君子是宁愿固守贫穷,不能离开"仁义"的正道(仁是做人之道,义是适宜之道),而小人就不管什么仁义道德了。这两节可以翻译如下:

Section 2. An intelligentleman will do nothing wrong even if he is in want, while an uncultured man in want will break loose from all restraints.

Section 5. Wealth and rank are what men desire. If they could be attained only in an improper way, they should be relinguished. Poverty and obscurity are what men dislike. If they could be avoided only in an improper way, they should be endured. If a man had no virtue, how could he be worthy of his fame?

孔子的话今天还有现实意义。今天的贪官污吏虽然并不贫贱,但是为了富贵,不是都走上了不正当的道路吗?哪管什么仁义道德呢!

第十五章第三十三节:"知及之,仁不能守之,虽得之,必失之。"这说出了"得"和"仁德"的关系。一个人即使知道了如何得到富贵,但他得到的方法不符合做人的道理,不符合道德的标准,得到的富贵也会守不住,也一定会失掉的。这句可以译成英文如下:

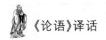

> Wise enough to attain but not good enough to maintain a man will lose what is gained.

由此可见"仁"的重要性。

"仁"和"知"的关系就是德和才的关系。第十五章第三十六节又说"当仁,不让于师。"一般说来,老师的德才都高于学生,但这并不是说学生的德才不可以超越老师,由此可见孔子与时俱进的思想。这句可以译成:

> A good man should not withdraw from being a better man than his teacher.

至于才呢,第十五章第四十一节说"辞达而已矣。"(Words are good only if they can express the idea.)说明文才主要应该达意。这话今天也很重要,因为不少翻译理论的文章都是用大家不懂的术语来表达大家早已懂得的内容,这就应该记住孔子"辞达而已"的道理了。

第十六章

（一）

第十六章第一节中说："丘也闻有国有家者，不患寡而患不均，不患贫而患不安。盖均无贫，和无寡，安无倾。夫如是，故远人不服，则修文德以来之。既来之，则安之。"从这一节看来，《论语》中已经有社会主义思想的萌芽了，无论是一个国家，还是一个家族，不怕物资不丰富，而怕分配不均；不怕国家贫穷，而怕不够安定。因为只要分配合理，就不怕东西太少；只要大家和谐，多少都不会争夺；只要生活安定，国家就不会倾覆。这样一来，远方的人也不会不佩服你。如果他们认为你不够好，你就应该提高人民的文化生活、道德水平，使他们闻风而来。如果他们来了，就要使他们安居乐业。这不是社会主义的萌芽吗？这一段话可以翻译如下：

The chief of a state or of a family need not care for scarcity but for inequality, nor for poverty but for security. There would be no poverty if wealth is equally shared, no scarcity if people live in harmony,

no danger if they live in security. If people do not pay homage from afar, then culture must be cultivated to attract them. When won over, they must be comfortably installed.

今天看来,这一段话还有现实意义。回忆新中国成立初期,大家生活艰苦,但是没有贫富悬殊之分,所以人人艰苦奋斗,并无怨言。自从实行市场经济以后,一部分人先富起来,大家生活多有提高,但也出现了贪污腐化、以权谋私的现象。这就是"不患寡而患不均"了。自然,这并不是说市场经济不如贫穷的社会主义,而是应该参考孔子的话,提高人的文化道德水平,另一方面,还要加强法治,严惩贪官污吏,这就是双管齐下,古为今用了。

第五节:"孔子曰:'益者三乐,损者三乐。乐节礼乐,乐道人之善,乐多贤友,益矣。乐骄乐,乐佚游,乐宴乐,损矣。'"孔子重视乐感、乐趣,但他认为乐趣有两类:一类对人有益,另一类对人有害。有益的乐趣可分为三种:一是合乎礼乐之道的乐趣,二是学习别人长处的乐趣,三是和朋友心灵交流的乐趣。有害的乐趣也有三种:一是骄奢淫逸的乐趣,二是放浪形骸的乐趣,三是大吃大喝的乐趣。而这三种有害的乐趣,正是造成贪污腐化的根源,也是贪污腐化的表现。这一节可以译成英文如下:

> Three delightful things will do you good: delight in ritual and music, in speaking well of others and in making good friends. Three pleasures will do you harm: extravagant pleasure, lascivious pleasure and sumptuous pleasure.

最重要的是第一条:乐要合乎礼乐之道,不能骄奢淫逸。学习别人,不要放浪形骸之外;朋友交往,不要大吃大喝,这是真正的乐。

关于交友,第四节有:"孔子曰:'益者三友,损者三友。友直,友谅,友多闻,益矣。友便僻,友善柔,友便佞,损矣。'"交友和享乐一样,也有三益三损:有益的朋友正直无私,体谅别人,见闻广博。无益的朋友既偏心,又有偏见,外表圆滑,内心诡诈,说一套,做一套。这一节可以翻译成:

> Three kinds of friends will do you good and other three will do you harm. To make friends with the upright, the faithful and the well-informed will do you good; to make friends with the prejudicial, the insidious and the hypocritical will do you harm.

至于"友谅",一般理解为"信实",理雅各译成 sincere(忠诚老实),没有体谅的意思;韦利译为 true-to-death(忠诚到死不变),语气更重。值得注意的是:孔子的交友之道,不但可用于个人,而且可用于国家的邦交,这点就和西方大不相同,而这点也正是中国文化优于西方之处,因为中国外交虽然维护国家利益,但是并不损人利己,绝不为了本国的利益而强加于人,所以中国模式越来越受到发展中国家的欢迎,而美国在20世纪借口伊拉克发展了大规模杀伤性武器,发动了伊拉克战争,结果死伤无辜平民达几十万,美国本身也由盛转衰,这和违反孔子思想不是没有关系的。

第七节:"孔子曰:'君子有三戒:少之时,血气未定,戒之在色;及其壮也,血气方刚,戒之在斗;及其老也,血气既衰,戒之在得。'"朱熹《论语集注》说:"血气,形之所待,以生者,血阴而气阳也。"血是液体,算是阴性的,因为固体(骨肉)算是阳性,气是肉体的呼吸,也算阳性。所以说"血阴而气阳",血气构成了人的身体和生命,是生命的必需条件,没有血气就没有人的生命。血气之外,人还有志

《论语》译话

气,志气是精神,是抽象的,是生命的充分条件。没有志气,人的生命就没有意义,没有价值。说血气是生命的必需条件,因为它是"无之必不然,有之不必然"的条件;没有血气一定没有生命,有了血气,生命也不一定有价值,所以血气只是必需条件,是消极的。为什么说志气是充分条件呢?因为它是"无之不必不然,有之必然"的条件。一个没有志气的人不会没有生命,但是不能充分发挥生命的作用,使生命有价值,使生活有意义。所以说志气是积极的,朱熹《论语集注》又说:"圣人同于人者血气也;异于人者志气也。血气有时而衰,志气则无时而衰也。少未定,壮而刚,老而衰者,血气也。戒于色,戒于斗,戒于得者,志气也。君子养其志气,故不为血气所动。"这就是说,圣人和普通人一样,有一个血肉之躯;不同于普通人的是他的精神力量,血肉之躯少年时发育不成熟,中年时身强力壮,老年时体弱力衰,但是精神力量不该衰退,少年时不要放纵情感,迷恋女色,中年不要争强好斗,老年不要贪得无厌,这样才是君子。第七节可以翻译如下:

1. There are three things which the superior man guards against. In youth when the physical powers are not yet settled, he guards against lust. When he is strong and the physical powers are full of vigor, he guards against quarrelsomeness. When he is old, and the animal powers are decayed, he guards against covetousness. (Legge)

2. A cultured man should beware of three things. He should beware of lust in youth when his vigor is uncouth, of strife in his prime when he is full of vigor, and of greed in old age when his vigor is on the decline. (XYZ)

第十六章

比较一下两种译文。第一种把君子说成上流人士、高等人物，比第二种说的文化人更高。"戒之"的译文也是第一种更强，但用陈述语气表示的是事实，不如第二种表示的是应该戒的。"血气"第一种说是体力，不如第二种说是精力，更接近原文。"斗"和"得"的译文，第一种太啰唆，第二种更文雅，更符合原文精炼的风格。

孔子说的是两千年前的君子，是否可以应用于今天的知识分子呢？我只知道20世纪40年代的大学生，那时男女同学的比例大约是10∶1。同学之间恋爱结婚的，最多也超不过女同学的十分之一，所以能谈情说爱的男同学真是百里挑一，一般男女同学只要一同上课，上图书馆，遛遛翠湖，吃吃馆子，看看电影就要引起形单影只的同学注意了。年轻的男同学即使是全校出名的天才，也不容易赢得女同学的芳心，只好在书中寻找颜如玉了，好在美国哲学家山塔亚那说过，爱情百分之九十存在于钟情人的心中，所以只要真正有情，情感还是大有用武之地的，在这种情况下，要放纵感情，迷恋女色，是不大可能的。所以孔子的话就不大适用于我们那代人了。

到了中年，是不是"戒之在斗"，不要争强好胜呢？20世纪五六十年代正是知识分子受到批判，不许反驳的时期。英国伦敦大学有个葛瑞汉（A. C. Graham）教授，出版了一本《晚唐诗选》，序中他居然口出狂言，说不能让中国人译唐诗，该不该据理反驳，争强好斗呢？《晚唐诗选》中译了李商隐的《无题》诗，其中有两句："金蟾啮锁烧香入，玉虎牵丝汲井回。"说夜里烧香，门上的金蛤蟆咬住锁时，诗人赴约来了，第二天清晨有玉老虎装饰的辘轳拉上井绳打水时，诗人离开情人回家了。葛瑞汉教授如何翻译呢？他的译文是：

A gold toad gnaws the lock. Lock it, burn the incense.

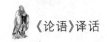

> A tiger of jade pulls the rope. Draw from the well and escape

译文说金蛤蟆咬住锁,锁门烧香;玉老虎拉井绳,打水逃走吧。这种狂言怎能不斗呢?至于老年戒之在得,就是名要符实的问题,前面说过,这里不谈了。

(二)

第九节:"孔子曰:'生而知之者,上也,学而知之者,次也;困而学之,又其次也;困而不学,民斯为下矣。'"孔子在这里把知识分子分为四等:上等的生来就有知识,第二等是学习后才得到知识的,第三等是困难时才去学习,或者学习时要克服困难的知识分子。第四等就是困难时也不学习,或者学习时不能克服困难的,那就是下等的老百姓了。到底有没有生而知之的知识分子呢?孔子自己在第七章第二十节就说"我非生而知之者。"连他自己都不是"上焉者",那还有没有"上焉者"呢?用今天的眼光来看,恐怕只有本能的知识,如饿了要吃,渴了要喝,困了要睡,是生而有之的,高级一点的知识恐怕多是"学而知之"的;更高级、更困难的更要困而学之,如能克服困难得到知识,得到新知,那简直是比"生而知之"更高级的知识了。下面看看两种译文:

> 1. Those who are born with the possession of knowledge are the highest class of men. Those who learn and so readily get possession of knowledge are the next. Those who learn after they meet with difficulties are another class next to these. As to those who meet with difficulties and yet do not

learn—they are the lowest of the people. (Legge)

2. Highest are those born wise; next come those who become wise by learning, still next those who strive to learn and last come those people who will not strive at all. (XYZ)

比较一下译文。可以说第一种是直译,第二种是意译,把"知之"解释为"聪明",那就解决了"生而知之"的问题。至于"学而知之"和"困而学之"是不是"次也"呢?这就要联系实际来看。就以我国第一位得到诺贝尔物理奖的杨振宁为例,他四岁就学会了三千多字,可以说是很聪明的,但并不能说是"生而知之",因为这三千字是他母亲教他认得的,所以他其实是"学而知之者"。那么,"学而知之者"能不能算"次也"呢?这也需要分析。杨振宁和我在大学同班上英文课,我们全班都学过,也都知道英文动词的过去分词表示被动。这是不是"学而知之"呢?那需要实际的检验。实际上课文中出现了一个不表示被动的过去分词,全班同学却都没有发现,只有他一个人提出问题。可见全班除他以外的同学如果不是"学而不知",就是不能学以致用,只有他一个人能够,因此"生而知之者,上也。"应该改成"学而知之,且用之者,上也。"他在大学时能发现异常现象,已经是后来打破宇称守恒定律,得到诺贝尔奖的先声,因为科学家都说宇称守恒。他却能发现宇称不守恒的异常现象,这和大学时代发现被动问题,都是"学而用之"的表现,不过大学读的是书,后来研究的是物理现象罢了。

(三)

第十节:"孔子曰:'君子有九思:视思明,听思聪,色思温,貌思恭,言思忠,事思敬,疑思问,忿思难,见得思义。'"这是孔子认为一个君子应该思考的九个问题,也就是他应该如何生活:看东西或看事情要看清楚明白,听事情或听道理要耳聪目明,对人说话时脸色要温和,态度要恭顺,语言要忠诚老实,做事有如敬业,要看得很重要。有疑难要提问,生气时要想到引起的困难后果,得到东西时要问是不是合理?是不是不义之财?这九条就是一个君子的行为规范。可以译成英文如下:

> An intelligentleman should be considerate in nine aspects: he should see clearly, hear distinctly, look mild, appear respectful, speak sincerely, act carefully, raise questions when in doubt, think of the consequence when in anger, and ask oneself if it is right to gain anything.

简单说来,做人做事都要尽其所能,对人对事都要待人如己。这是两千年来,一个君子对自己、对别人、对国家应该遵守的规矩。但是到了两千年后的今天,这些道理是否一样有用,还是应该有所改进呢?"视思明,听思聪"自然不错,但是古人说一是一,说二是二,今天却往往说一指二,说东指西,说的是保卫本国领土,指的却是侵占划界未定的陆地或海洋,这就更要看得清楚,听得明白了。"色思温,貌思恭"呢?这是一个双方的问题,如果双方都温文尔雅,恭敬有礼,平等互利,那自然再好不过,否则,就需要不卑不亢了。"言思忠,事思敬"也是一样,如果双方都忠诚老实,敬重对方,那自然就该礼尚往来。如果有一方说一套做一套,那另一方也就只能察其言,而观其行了。经过"文化大革命"后,有人的经验是:真话不能全说,假话全不能说。这是不是"言思忠"的新解释呢?至于"疑思问",那要看问谁,首先该问自己,自己不能解决,再问别人,否则就不能发掘自己解决问题的能力了。"忿思难"倒是不错,忿怒时要思前想后,不能意气用事,因小失大。至于"见得思义",如要用于国家,恐怕很难,因为现在世界上的国家,几乎没有不把自己的利益放第一位的。只要不损人利己就算不错,所以孔子提出重义轻利的思想,是对今天世界文化的贡献,是中国模式在发展中世界受到欢迎的软实力,是应该发扬光大的,但是这种模式是"生而知之",还是"学而知之",或者是"困而学之"的呢?根据历史来判断:"见得思义",如果是"生而知之",那的确是"上也",如果能"学而知之",那也不错,可以说是"次也"。西方国家经过金融危机之后,如能"困而学之",并且"学而知之",也可以算"又其次也",如果"困而不学",使危机再三出现,那就是"斯为下矣",可见孔子的话在具体情况下,还是有现实意义的。

第十七章

（一）

第十七章第六节说："子张问仁于孔子。孔子曰：'能行五者于天下，为仁矣。'请问之。曰：'恭、宽、信、敏、惠。恭则不侮，宽则得众，信则人任焉，敏则有功，惠则足以使人。'"这是孔子对仁最全面的解释了，以前孔子说过："仁者爱人，克己复礼为仁。"爱是仁的内在要素，礼是仁的外在表现。内外结合，就有恭、宽、信、敏、惠五个方面，"恭"是恭敬对人，庄重对己；"宽"是宽厚待人，严格待己；"信"是信任别人，自己守信，"敏"是做人勤快，做事敏捷；"惠"是给人恩惠，不图回报。能够做到这五点，不但是个仁人君子，而且可以治国平天下，因为恭敬就不会傲慢，不会盛气凌人；宽厚包含克己，损人利己失尽天下人心，克己利人自能得到群众；信任别人要像信任自己一样，那别人也就会信任你了；只靠信任不够，做事还要勤快敏捷，才能成功；成功不能居功，还要想到别人之功。惠及群众，使群众知道并且觉得是为自己做事；这样群众不必发动，自然乐于完成任务了。如果像苏联一样，把建设苏联之功完全归之于斯大林一个人,把不同政见者都置之于死地,这样惠不及众,结果造成了苏联的解体。现在看来,假如实行的是孔子的"仁政",恐怕结果会不同了,现在看看下列不同的译文:

1. Zi Zhang asked Confucius about perfect virtue. Confucius said, "To be able to practise five things everywhere under heaven constitutes perfect virtue." He begged to ask what they were, and was told, "Gravity(courtesy), generosity (breadth), sincerity (good faith), earnestness (diligence) and kindness(clemency). If you are grave, you will not be treated with disregard. If you are generous, you will win all. If you are sincere, people will repose trust in you. If you are earnest, you will accomplish much. If you are kind, this will enable you to employ the services of others."(Legge)

2. Zi Zhang asked, "What is a good ruler?" Confucius said, "One who can develop five qualities in the world." When Zi Zhang begged to know which five, the Master said, "Reverence, lenience, confidence, diligence and benevolence. Reverent, he would not hurt; lenient, he would win support; confident, he would not hurt; lenient, he would win support; confident, he would be trusted; diligent, he would succeed; and benevolent, he could employ people."(XYZ)

第一种译文括弧中是韦利的译文,比较"五者"的三种译文,可以说除 generosity 可和第二种译文比美外,其余都大同小异,而第二种五个词都以 -ence 结尾,富有意美、音美、形美,胜过第一种译文。

第八节谈到仁与学的关系。"子曰:'由也,女闻六言六蔽矣乎？'对曰：'未也。''居！吾语女。好仁不好学，其蔽也愚；好知不好学，其蔽也荡；好信不好学，其蔽也贼；好直不好学，其蔽也绞；好勇不好学，其蔽也乱；好刚不好学，其蔽也狂。'"孔子问子路："你知不知道：有六件好事，如果只知其然而不知其所以然，可能反而会做成坏事？"子路说不知道，孔子就说："坐下来，我告诉你：喜欢做好人好事，而不学习怎样做，可能做成傻事；喜欢做聪明人而不学习，可能学得空空洞洞，没有踏实的基础；喜欢做有信用的人而不知道应该相信什么人，可能上当受骗；喜欢爽直而不了解具体情况，可能使亲者痛而仇者快；喜欢勇敢而不学无术，可能会出乱子；刚强好胜而不学习别人的长处，可能会狂妄自大。"从这段对话可以看出孔子思想的辩证性。我们再看看韦利的译文：

> The Master said, "Yu, have you ever been told of the Six Sayings about the Six Degenerations?" Zi Lu replied, "No, never." (The Master said) "Come, then, I will tell you. Love of Goodness without love of learning degenerates into silliness. Love of wisdom without love of learning degenerates into utter lack of principle. Love of keeping promises without love of learning degenerates into villainy. Love of uprightness without love of learning degenerates into harshness. Love of courage without love of learning degenerates into turbulence. Love of firmness (Legge) without love of learning degenerates into recklessness."

韦利把"蔽"译成 degenerate(蜕化)，很好；理雅各的译文更形象化：becloud(如云遮蔽)，但是还要加个动词，所以不如韦利。"六言"的"仁"(being benevolent 比 Goodness 好)，"知"(knowing 不如

wisdom),"信"(being sincere 不如 keeping promise),"直"(straightforwardness 比 uprightness 好),"勇"(boldness 不如 courage),"刚"(firmness 比重复用 courage 好)。"六蔽"中的"愚"(foolish simplicity,silliness),"荡"(dissipation of mind 比 utter lack of principle 更接近原义),"贼"(injurious disregard of consequences 比 villainy 更具体),"绞"(rudeness,harshness),"乱"(insubordination 不如 turbulence),"狂"(extravagant conduct, recklessness)各有千秋。两种译文都太啰嗦,可以考虑精简如下:

The Master said to Zi Lu,"Have you heard of six virtues may lead to six defects?" Zi Lu replied,"No." The Master said,"Come, I will tell you. Without the love of knowledge, a lover of virtue may become a fool; a lover of wisdom, wanton; a faithful man, cheated; a frank man, rash; a brave man, riotous; and a strong man, arrogant."

（二）

前面谈到"不好学"的"六蔽",第九节接着谈学《诗经》的问题。"子曰:'小子何莫学夫诗？诗可以兴,可以观,可以群,可以怨。迩之事父,远之事君;多识于鸟兽草木之名。'"孔子说:"年轻人为什么不学《诗经》呢？《诗经》可以教人抒发感情,培养推论力;教人耳聪目明,提高观察力;教人如何对待群众,锻炼交流能力;教人发表意见,改正错误。在家里可以知道如何侍候父母,在朝廷可以知道如何尽忠职守,还可以了解五花八门的自然现象。"由此可见,两千五百年来,《诗经》不但是中国的文学教材,还是社会科学,甚至自然科学的读物。有人认为孔子思想只重个人道德，阻碍了自然科学的发展，从古为今用的观点来看，至少是不全面的。下面看看理雅各和韦利的译文：

1. The Master said, "My students, why do you not study the *Book of Poetry*? The Odes serve to stimulate the mind. They may be used for purposes of contemplation. They teach the art of sociability. They show how to regulate feelings of resentment. From them you learn the more immediate duty of serving one's father, and the remoter one of serving one's prince. From them we become largely acquainted with the names of birds, beasts, and plants." (Legge)

2. The Master said, "Little ones, why is it that none of you study the *Songs*? For the *Songs* will help you to incite people's emotions, to observe their feelings, to keep company, to express your grievances. They may be used at home in the service of one's father; abroad, in the service of one's prince. Moreover, they will widen your acquaintance with the names of birds, beasts, plants and trees." (Waley)

比较一下"兴""观""群""怨"的两种译文，一说"兴"是刺激心灵，二说是激动感情；一说"观"是静观，二说是观察人的情感；一说"群"是社交艺术，二说是交友结伴；一说"怨"是调节怨恨的感情，二说是表达怨愤。两说各有千秋，最后韦利说"扩大知识范围"，比理译好。不过原文简练，两种译文都长，可以考虑精简如下：

"My dear disciples," said the Master, "why do you not

like to study poetry? Poetry may serve to inspire, to reflect, to communicate, and to complain. It may help you to serve your father at home and your prince at court. Moreover, it may tell you names of birds, beasts, plants and trees."

译文把"兴、观、群、怨"简化为启发、反映、交流、诉苦。字数少了,内容却大同小异吧。

(三)

第十七章第一节说:"阳货欲见孔子,孔子不见,归孔子豚。孔子时其亡也,而往拜之。遇诸涂。谓孔子曰:'来!予与尔言。曰:'怀其宝而迷其邦,可谓仁乎?'曰:'不可。''好从事而亟失时,可谓知乎?'曰:'不可。''日月逝矣,岁不我与。'孔子曰:'诺。吾将仕矣。'"这个故事生动地描写了孔子如何对待不愿见的人。阳货是当权派。要见孔子,孔子不愿见他,他就送了孔子一只蒸熟了的小猪,要孔子去道谢。孔子等他不在家的时候去回拜,偏偏在路上遇见了,阳货就说:"过来,我有话跟你说:一个人有难得的治世之才,却让国家处在不知如何是好的境地,能算是个仁人君子吗?我说不能。一个人要做大事,却又总是错过机会,能算是个聪明人吗?我说不能。日子一天一天过去,时间是不等人的啊!"孔子苦笑着说:"这样说来,我不得不去做官了。"这说明孔子在迫不得已的情况下,只好言不由衷。"曰:'不可。'"有两种解释:一种解释是孔子说的,另一种是阳货自问自答。不论哪种,都说明了孔子如何对付困难。可以翻译如下:

Yang Huo in power wished Confucius to call on him, but

the Master would not, so he sent to Confucius a stewed pig. The Master paid him a visit when he was not at home, but they met unexpectedly on the way. Then Yang Huo said to Confucius: "Come! I have something to tell you. Is it good for a talent to leave his State in chaos? No. Is it wise for a candidate to lose opportunities again and again? No. The days and months pass by. Time and tide will wait for no man." Then Confucius said ironically, "Yes, how could I not serve?"

译文第一句在阳货后面加了"当权派"字样,最后一句在孔子说后面又加了"口是心非"字样,这都是原文内容所有、形式所无的词语。因为中国读者知道阳货是孔子讨厌的权势人物,所以孔子言不由衷。外国读者没有背景知识,译文不加词就不容易理解了。

关于内容和形式的问题,本章第十一节说:"礼云礼云,玉帛云乎哉?乐云乐云,钟鼓云乎哉?"礼乐是内容,玉帛是礼物,钟鼓是乐器,什么是礼乐?供玉献帛是不是礼?那要看是不是真心诚意;鸣钟击鼓是不是乐?那要看是不是心满意足。总之,礼乐重在内心,不在外表。联系到第一节,阳货送孔子小猪并不合乎礼,因为他别有用心;孔子说"吾将仕矣"并不乐,因为是逼不得已。简单说来,礼乐都是内心重于外表,韦利对第十一节的译文如下:

> Ritual, ritual! Does it mean no more than presents of jade and silk? Music, music! Does it mean no more than bells and drums?

（四）

第十六节："子曰：'古者民有三疾，今也或是之亡也。古之狂也肆，今之狂也荡；古之矜也廉，今之矜也忿戾；古之愚也直，今之愚也诈而已矣。'"孔子说：古代人有三种毛病，现代人也许没有，也许更加厉害。那三种毛病就是：狂、矜、愚。朱熹《论语集注》中说："狂者，志愿太高。肆，谓不拘小节，荡则逾大闲矣。矜者，持守太严。廉，谓棱角峭厉，忿戾则至于争矣。愚者，暗昧不明。直，谓迳行自遂。诈则挟私妄作矣。"这就是说，三种毛病是狂妄、矜持、愚昧。古代人狂妄放肆，只是不拘小节，和孔子同代的人却无所顾忌。矜持是过于严格要求自己，古人只是锋芒毕露，同代人却是争强好胜；愚昧是不分是非，古人只是一意孤行，同代人却假公济私，损人利己了。这是在孔子看来，古人的毛病到了当代是如何发展的，现在看看韦利的译文：

> In old days the common people had three faults: part of which they have now lost. In old days the impetuous were merely impatient of small restraints; now they are utterly insubordinate. In old days the proud were stiff and formal; now they are touchy and quarrelsome. In old days simpletons were at any rate straightforward; but now "simple-mindedness" exists only as a device of the imposter.

我们再看理雅各的译文，他把"三疾"译成 three failings（弱点），不如韦译严重，所以把"狂"译成 high-mindedness（品格高尚、高傲），贬义不强；把"肆"译成 disregard of small things（不顾细枝末节），

《论语》译话

把"荡"译成 wild licence（放浪形骸之外），读来可褒可贬，"矜"和"廉"的译文 stern dignity（一丝不苟的尊严）和 grave reserve（稳重的保留态度）也是一样，只有"忿戾"的译文 quarrelsome perverseness（喜欢抬杠，不肯服输），还有"愚"的译文 stupidity（愚蠢）比韦译重。最后，把"直"和"诈"译为 straightforwardness（直截了当）和 sheer deceit（不过是欺诈而已），都和韦译不相上下。自然，两种译文还可取长补短，翻译如下：

> In old days people had three faults which are perhaps not found now. Then arrogance showed little consideration for others; now it goes beyond bounds. Then pride was genuine, now it is quarrelsome. Then stupidity was straightforward; now it is deceitful.

到了今天，"狂"和"矜"是不是还算中国人的毛病呢？受过两百年的压迫，中国人养成了自卑心理，不珍视自己的传统文化，甚至认为自己远远胜过西方的翻译艺术，也落后于人。有一篇博士论文居然同意英国汉学家葛瑞汉的意见，认为不能让中国人把唐诗译成英文。在这种情况下作出反击，难道能算"狂"和"矜"吗？

在《中华读书报》2009年第12期有一篇《中国对西方的意义——谈第61届法兰克福国际书展》的文章。文中说到："现在在中国国内走红的美国汉学家宇文所安（Stephen Owen），他的书都是一流的……他的成就很高，但如果他能够从中国中世纪美学来研究唐朝诗的话，他会发现唐诗中更精彩、更深邃的部分。"说得不错，现在我要举一首宇文所安译的孟郊《秋怀》来作说明。原诗和译文如下：

第十七章

秋月颜色冰，In autumn moonlight the face turns icy;
老客志气单。Old wanderer, the force of his spirit spent.
冷露滴梦破，Chill dew drips a dream to pieces;
峭风梳骨寒。A rugged wind combs the bones cold.
席上印病文，On the mat, prints pressed by sickness.
肠中转愁盘。In the heart, writhing coils of grief.
疑虑无所凭，These feelings are based on nothing,
虚听多无端。Listening in vain to things—mostly without cause.
梧桐枯峥嵘，A paulownia tree, bare and towering,
声响如哀弹。Its echo like plucking a lament.

原诗第一句说秋天的月亮冰清玉洁，是把月亮拟人化，又使视觉和寒冷的感觉打成一片，形象很美，但是译者不了解唐诗中的美学，加了一个 face（面孔），意思是说在秋天的月光下，人的面孔变得冰凉了，不管这是诗人或别人的面孔，原诗借景写情的美感完全消失了，可见译者没有发现原诗的精彩之处。第二句中的"老客"就是诗人这个年老的漂泊游子，"单"是形单影只的意思，是个关键性的字眼，把孤身和孤寂感融合为一；译者却说是老年的游子的精神力量消磨殆尽了，这又说明译者没有发现原诗深邃之处，没有传达原文的孤苦伶仃之感。第三、四句译得不错，但第四句中的"峭风"指从梳齿般的山峰吹过来的山风，所以梳得诗人全身都感到寒冷，译文又没有译出原文的深邃之处。第五、六句也是一样，writhing coils（盘旋缠绕、翻滚折腾）用词不错，但是作为诗句却韵味不够。尤其是第七、八句，原文就是说理味重，译文如果没有音美和形美的支援，那就变成分行散文了，可见译者没有译出原诗精彩之处。第九句中的"梧桐"在中国诗中常用，富有诗意，译成专门术语，就没有诗味了。第十句的"声响"指梧桐叶在风中发抖的窸窣声,译成 echo(回声),就不知何所指了,所以《中华读书报》文中说得不错,西方译者应该学习中国理论。但是《中国翻译》居然发表文章,说中国翻译理论至少落后西方 20 年。这种崇洋媚外的奴才思想如不批判,中国文化怎能崛起?但一批判,崇洋者就反击说批判者是"狂矜愚",是不是"狂矜愚"呢?那要看批判是不是实事求是,要看孟郊诗的精彩之处、深邃之处,能不能更好地表达出来。下面请看孟郊《秋怀》的另一种译文。

> The autumn moon looks pale like ice;
> Old roamer lonely like wild geese.
> Cold dew drips dream in drop and slice;
> Bones combed by rugged wind would freeze.
> Sickness leaves on the mat its trace;
> Grief whirls around and gnaws the heart.
> Doubt may arise though without base;
> Hearsay comes from none knows which part.
> The plane-tree stands stript but unbent,
> Its leaves would shiver in lament.

第一行译文恢复了原诗视觉与感觉的沟通,第二行表达了游子孤独的心情。第三、四行利用原译的优点,把 pieces 改成更具体的 drop and slice,drop 和同句的 drip 与 dream 都是 dr 的头韵(或双声),富有意美、音美和形美,第五至第八行给原诗的"病愁疑听"押了韵。原诗每句五字,译文每行 8 个音节,恢复了一点原诗的音美和形美。第九、十行把梧桐的科学译名改得可以入诗,加上原诗内容所有、形式所无的"树叶"和"抖索",还有 stand 和 stript 是 st 的头韵,leaves 和 lament 是 l 的双声,而原诗"梧桐枯峥嵘"的前三字都是"木"旁,后两字都是"山"旁,这样,译文多少可以用英文的音美来传达原文的形美,使读者能多领会到一点唐诗的精彩深邃之处,诗人和秋天天人合一的情怀,也说明了对洋奴思想的批判不能算是"狂矜愚"。

除了"狂矜愚"之外,第十七章还有对"恶"的评论,第二十四节:"子贡曰:'君子亦有恶乎?'子曰:'有恶:恶称人之恶者,恶居下而讪上者,恶勇而无礼者,恶果敢而窒者。'曰:'赐也亦有恶乎?''恶徼以为知者,恶不孙以为勇者,恶讦以为直者。'"子贡问孔子一个君子有没有什么不喜欢的事情?孔子说有。"君子不喜欢在背后说别人的坏话,不喜欢下级诽谤上级,不喜欢勇于破坏规矩,不喜欢把顽固当作坚持。"孔子问子贡不喜欢什么?子贡回答说他不喜欢沽名钓誉,自作聪明的人,不喜欢把不谦虚当作勇敢的人,不喜欢把攻击别人当作爽直的人。这段师生对话可以翻译如下:

> Zi Gong asked whether a cultured man had dislikes. The Master said,"Yes, a cultured man dislikes those who speak ill of others, those inferior men who slander their superiors, those who are bold beyond what is right, those who take obstination for resolution." Then the Master asked Zi Gong whether he had his dislikes. Zi Gong replied,"I dislike those who take cunning for wisdom, immodesty for bravery, and indiscretion for honesty."

到了今天,就要看坏话是不是真话,如是真话而不敢说,那不是纵容了坏人做坏事么?这可能是贪污横行的原因之一。

（五）

孔子是知过能改的，第四节："子之武城，闻弦歌之声。夫子莞尔而笑，曰：'割鸡焉用牛刀？'子游对曰：'昔者偃也闻诸夫子曰："君子学道则爱人，小人学道则易使也。"'子曰：'二三子！偃之言是也。前言戏之耳。'"孔子到了武城，听见弹琴吟诗、演礼作乐的声音就微微一笑，对在武城做官的子游说："如果要杀一只小鸡，用得着杀牛的大刀吗？"子游回答说："记得从前我听老师说过：君子学了礼乐之道，就会实行仁政，爱护百姓；百姓学了礼乐之道，就会懂得规矩，做事也就循规蹈矩。"孔子就对几个学生说："子游的话说得不错，我刚才说的不过是个玩笑罢了。"孔子说子游治理武城这个小地方，却用弹琴吟诗的礼乐大道理来教导他们，就像用一把杀牛的大刀来杀一只小鸡一样。子游却说礼乐之道，大之可以治国平天下，小之可以教人守规矩，是一把大小都可以用的刀。孔子承认子游说得对，就说自己是开玩笑。其实杀小鸡不必用大牛刀，这句话并没有说错，不过是比喻不当而已。但是孔子还是婉转认错了。这是孔子值得学习的地方，就是过而能改，善莫大焉。前面说过，过而不改，那才真是过错呢。这段对话可以翻译如下：

The Master came to the small town of Wu where Zi You was the ruler. When he heard sacred songs and stringed music, he said with a smile, "Is it necessary to kill a chicken with an ox-Knife?" Zi You replied, "Formerly I heard you say that a cultured man well-bred in music would do good to the people, and an uncultured man well-bred in music would be easy to employ." The master said to two or three disciples, "Zi You is right. I have just said that for fun."

但是孔子对学生的意见也不一定接受，如第五节："公山弗扰以费畔（叛），召子欲往。子路不说，曰：'末之也已，何必公山氏之之也？'子曰：'夫召我者，而岂徒哉？如有用我者，吾其为东周乎？'"公山弗扰在费城谋反，要孔子去，孔子答应了，子路不高兴，对孔子说："难道没有路可走了？何必到公山弗扰那里去呢？"孔子说："既然他要我去。难道没有事可做吗？只要有人用我，难道我不可以在那里实行东周的礼乐之道吗？"这段对话说明了师生平等的关系，子路的直率和孔子对人事的看法：只要能做好事，为什么人做并没有关系，而今天却是立场问题，这段对话可以翻译如下：

Gongshan Furao holding the fief of Fei in revolt, sent for the Master, who was inclined to go. Displeased, Zi Lu said, "Why would you like to go to him of all people?" The Master said, "Could he send for me without reason? If anyone were to employ me, I would make ritual and music proper as in East Zhou."

第十七章还有一些名言，如第二节："子曰：'性相近也，习相远也。'"孔子不说性善性恶，只分先天后天，认为先天的人性相近，后天的实践相差很远，所以才有善恶之分。这种说法更近科学，比孟子的性善说、荀子的性恶说，都更全面。理雅各的译文如下：

By nature men are nearly alike; by practice they get to be wide apart.

但是第三节："子曰：'唯上知与下愚不移。'"只有最聪明的上

《论语》译话

等人和最愚蠢的下等人是改变不了的,那么,聪明和愚蠢是先天还是后天的呢?如果先天有智愚之分,那就不能说性相近了;如果是后天的,那先天相近的人后来有智有愚,不就是改变了么?韦利的译文是:

It is the very wisest and the very stupidest who cannot change.

第十二节批评小人:"子曰:'色厉而内荏,譬诸小人,其犹穿窬之盗也与?'"外强中干的人,不就是挖墙洞的小偷吗?这句话可以译成:

If an inwardly weak man pretends to be strong outwardly, is he not like a thief who bores a hole or climbs over a wall?

第十三节又批评乡原:"子曰:'乡原,德之贼也。'"乡原是唯唯诺诺的好好先生,和色厉内荏的人相反,但孔子批评他是道德的小偷。"乡原"不好翻译,理雅各译成 your good, careful people of the village,韦利译为 honest villagers,都不达意,没有贬义。全句不如改成:

A yesman is a thief of virtue.

第十四节更批评流言蜚语:"子曰:'道听而涂说,德之弃也。'"传播小道消息就是不负责任。这句不难翻译:

To spread the rumor you have heard on the way is to neglect your duty.

第十五节还批评患得患失的人:"其未得之也,患得之。既得

之,患失之。苟患失之,无所不至矣。"说患得患失的人没有什么事做不出来。这句可以翻译如下:

> They are anxious to get what they have not and afraid to lose what they have. What would they not do if they are afraid to lose what they have got?

第二十二节批评懒人说:"饱食终日,无所用心,难矣哉!"

> Difficult are those who cram themselves with food all day long without applying their mind to anything good.

最后第二十六节:"子曰:'年四十而见恶焉,其终也已。'"一个人到了四十岁还总是挨批评,这一辈子也就算完了。这句可以译为:

> If a man is disliked(criticized) at the age of forty, he would not change for the better till the end of his life.

到了今天,时代不同了。多少四十岁打成右派的人,平反后做出了很大的成绩,可见孔子的话应该古为今用,重新解释。

第十八章

在第十七章中孔子批评了一些人。第十八章记录了一些对孔子的批评,如第五节说:"楚狂接舆歌而过孔子曰:'凤兮凤兮,何德之衰?往者不可谏,来者犹可追,已而!已而!今之从政者殆而!'孔子下,欲与之言。趋而辟之,不得与之言。"这个故事记载了儒家和道家的分歧,楚国的道家隐士接舆(接车的人)走过孔子的车旁唱起歌来说:"凤凰啊凤凰!现在的道德衰败了,你为什么还要四处奔波,想做官呢?过去做错了,已经无法挽回,那就算了。未来的时间要弥补还来得及。算了吧,算了吧!今天的好人谁还肯做官呢?"孔子赶快下车,要同他谈一谈,楚狂却避之唯恐不及,已经走得远远的了。这个故事说明:不管天下有道无道,孔子都要知其不可为而为之,道家却要退隐山林,并且认为孔子不识时务,这个故事可以翻译如下:

A hermit of Chu passed by the carriage of Confucius and sang: "Oh, phoenix! Oh, phoenix! How unfortunate you are! The past cannot be repaired, but the future can be remedied. Done with it! Done with it! What can be done with the government!"

第十八章

The Master descended from his carriage in order to speak with the hermit, who hastened away so as to avoid talking with him.

第七节的批评更严:"子路从而后,遇丈人,以杖荷蓧。子路问曰:'子见夫子乎?'丈人曰:'四体不勤,五谷不分,孰为夫子?'"子路跟着孔子的车走,远远地落在后面,碰到一个拿手杖的老人。子路就问:"您看见我的老师吗?"老人回答说:"你们手脚不勤快,五谷不认识,谁知道你的老师是什么人?"看来老人是个体力劳动者,对脑力劳动者的看法不一定全面。所以子路最后又说:"君子之仕也,行其义也,道之不行,已知之矣。"孔子做官是尽他的责任,至于礼乐之道不一定行得通,他早想到了,这段对话可以翻译如下:

Zi Lu lagged behind the Master on the way when he met with an old man shouldering a staff and a weeder. Zi Lu asked, " Have you seen my master?" The old man said, "Unable to toil with four limbs and to choose from among five gains for seeding, how can you ask me to tell who your master is?"... Zi Lu said, "... If a cultured man serves his state, he is only doing his duty, though he knows he cannot put his principles into practice."

到了"文化大革命"期间,"四体不勤,五谷不分"成了知识分子的罪状。今天看来,这是只重体力劳动,否定脑力劳动的结果,其实,没有劳动分工,就没有今天的经济发展。所以对待孔子以及对孔子的批评,都要实事求是,一分为二,才能古为今用。

第十九章

据朱熹《论语集注》说:"本篇皆记弟子之言,而子夏为多,子贡次之。盖孔门自颜子以下,颖悟莫若子贡;自曾子以下,笃实无若子夏,故特记之详焉。"朱熹认为,孔门弟子除了颜渊之外,要算子贡聪明,子夏老实,所以第十九章记录他们的话多。如第三节:"子夏之门人问交于子张。子张曰:'子夏云何?'对曰:'子夏曰:"可者与之,其不可者拒之。"'子张曰:'异乎吾所闻:君子尊贤而容众,嘉善而矜不能。我之大贤与,于人何所不容?我之不贤与,人将拒我,如之何其拒人也?'"子夏的学生问子张如何交友。子张反问他子夏如何说的。学生回答道:"值得结交的朋友就结交,不值得的就不滥交。"子张说:"这和我听老师说的不一样啊。老师教我们要尊重贤人,心里要容得下各色各样的群众。要赞扬好人,也要同情有所不及的人。其实,自己有什么了不起?有什么人容纳不下,不能结交呢?如果我不够格,人家还不愿意结识我,我有什么资格拒人于门外呢?"子张和子夏都是孔子的学生,为什么孔子对他们说的话不一样?据蔡邕说,子夏为人宽容随和,所以孔子劝他不要滥交;子张为人偏窄严格,所以孔子劝他待人要宽容谅解。可见孔子不是教

第十九章

条主义者,而是根据具体情况具体分析,因材施教的。这段对话不难翻译:

> A disciple of Zi Xia asked Zi Zhang how to make friends. Zi Zhang said, "What did Zi Xia tell you?" The disciple said, "Zi Xia told us to make friends with those who are worthy and refuse those who are unworthy." Zi Zhang said, "This is quite different from what I have learned. A cultured man should respect the worthy and bear with others, praise the capable and help the incapable. Am I so good as to think others unworthy? If I am not good enough, others will refuse to make friends with me. How could I refuse them?"

第五节说:"子夏曰:'日知其所亡,月无忘其所能,可谓好学也已矣。'"朱熹《论语集注》:"亡,无也,言己之所未有。"就是说每天都知道自己还有什么没学到的,还有什么应该学到的。每个月都不忘记自己学到了什么,能做到什么,那就可以算是好学了。而《论语正义》说:"日知其所亡,是知新也;月无忘所能,是温故也。"是把温故和知新结合起来了?那不温故能不能知新呢?如果能够,那《论语正义》的理解和原文就不一样了。西方人的理解也和《论语正义》不同,而和朱熹《论语集注》一致,如韦利的译文是:

> He who from day to day is conscious of what he lacks, and from month to month never forgets what he has already learnt, may indeed be called a true lover of learning.

第二节:"子张曰:'执德不弘,信道不笃,焉能为有?焉能为亡?'"子张的话提出了"道德"和"有无(亡)"的问题。道是抽象的,

"德"比"道"具体;"有"也是具体的,而"无"却更抽象。子张认为执行具体的"德"范围要广,相信抽象的"道"程度要深,如果没有广度和深度,怎么能算"有"道德?怎么能算"无"道德?《论语今读》中说:"子张喜问政,有志于政务,其'德'自然要求宽广,而决不止于个人修养之小成。因之,'焉能为有'可解作'救世济民'才算有,即志趣远大。"此段言之有理,可供参考,理雅各对这一段的译文是:

> Zi Zhang said, "When a man holds fast virtue, but without seeking to enlarge it, and believes right principles, but without firm sincerity. What account can be made of his existence or non-existence?"

理雅各翻译子张的话说,一个人仅仅掌握了道德,却不设法扩大范围,相信正确的原则,却不坚决诚恳。这种人存在不存在有什么意义呢?"存在"说得太大,其实只是有无道德的问题,可以改为:

> If a man holds what is right only in a narrow sense and believes in right principles but not firmly, could he be said to hold and believe in what is right?

第十三节:"子夏曰:'仕而优则学,学而优则仕。'"这是子夏的名言。朱熹《论语集注》中说:"仕而学,则所以资其仕者益深;学而仕,则所以验其学者益广。"这就是说:工作得好还要学习,可以工作得更好;学习好还要在工作中检验,才能知道是不是真学好了。这话说得不错,但在"文化大革命"中当作"读书做官论"的理论根据,大受批判,其实是歪曲了孔子,这句名言可以翻译如下:

> Zi Xia said, "An official versed in state affairs should amplify his knowledge; an intellectual well equipped with

knowledge should serve the state."

第二十节:"子贡曰:'纣之不善,不如是之甚也。是以君子恶居下流,天下之恶皆归焉。'"《论语今读》中说:"殷纣王本是非常能干并大有历史功绩的伟人,这有确凿的记载。因为亡国身死,于是在历史上变成了大坏蛋,……难得子贡勇敢说出真理,子贡的聪明形象到处可见。"子贡说纣王没有大家说的那么坏,但因为大家都说他坏,他就处于下流不利的地位,甚至连君子都不愿处下流,免得天下人把恶名都推给他。(这可以和老子说的"上善若水,水善利万物而不争,处众人之所恶。"比较。)现在把子贡的话翻译如下:

King Zhou of Yin might not be so tyrannical as it was said. That is the reason why an intelligentleman would not stay in a low place, where one would be accused of all the evils of the world.

第二十章

（一）

《论语今读》第 530 页"注"中说《论语》汇集孔子的言行，到"微子篇"（第十八章）已经完了。"子张篇"（第十九章）记的是孔门弟子说的话；第二十章讲的是尧、舜、禹、商汤、周武王治天下的大道理。现将最后一章分段解释翻译于后。

"尧曰：'咨！尔舜。天之历数在尔躬，允执其中。四海困穷，天禄永终。'"两千年前中国的统治者唐尧让位给虞舜的时候对他说："我告诉你，舜啊！上天的使命已经落到你身上了，你要不偏不倚地执行中庸之道；不要让天下人贫穷，生活困难；要好好结束上天赋予你的使命！"这珍贵的记录说明中国古代的民主精神，王位的继承采取禅让的传统，把上天的使命和人间的传统结合起来，这种"天人合一"的思想远远高于西方的神权统治。下面看看两种译文：

1. Yao said, "Oh! You, Shun, the Heaven—determined order of succession now rests on your person.

第二十章

Sincerely hold fast the Due Mean. If there shall be distress and want within the four seas, your Heavenly revenue will come to a perpetual end." (Legge)

2. Yao said to Shun who succeeded him as emperor, "Oh, Shun! Heaven lays the divine duty on you. You should follow the right way without deviation. If the people in the world suffer poverty and misery, Heaven would no longer bestow favor on you." (XYZ)

第一种西方人的译文是直译,第二种中国人的是意译。"天之历数",前者说是上天规定的继承顺序,太具体了,原意只是"天命"而已,所以后者意译为神圣的责任。"允执其中"的"中",前者采用西方的术语,说是"适当的中道",并不符合中国的情况;后者意译为不走弯路的正道。"天禄"的两种译文,差别也是如此。对于人民的苦难,君主的让位,则两者大同小异,可见民主精神已是当时的共识。

第二段很短,只有一句话:"舜亦以命禹。"就是说,虞舜让位给夏禹的时候,也作了同样的交代。两种译文分别是:

1. Shun also used the same language in giving charge to Yu. (Legge)

2. Shun said the same thing to Yu, who succeeded him as emperor. (XYZ)

但是夏禹继位之后,没有继承唐尧、虞舜禅让的传统,却把帝位传给儿子夏启,开始了中国两千多年家天下的历史,所以《论语》没有提到夏禹继位的事,而跳到灭夏立商的成汤了。

第三段:"曰:'予小子履,敢用玄牡,敢昭告于皇皇后帝:有罪不敢赦。帝臣不蔽,简在帝心。朕躬有罪,无以万方;万方有罪,罪在朕躬。'"这一段据说是汤武王的话,武王名履,谦虚地自称"予小子",可以看出他继承了尧、舜的礼让传统。据说他灭夏桀之后,遭逢大旱,他就用黑色的公牛作祭礼,祈祷上天降雨,并且当众禀告光明伟大的天帝说:"对于有罪的人,我不敢擅自赦免。君臣如果有罪,我也不敢隐瞒,其实上天是明察秋毫的。如果我自己有罪,请上天不要处罚老百姓;如果老百姓冒犯了上天,请处罚我一个人吧!"这样严于责己,宽于待人的作风,正是尧、舜的光辉传统,正是孔子要传之千秋万代的思想,这段名言可以翻译如下:

> Tang who founded the Yin dynasty said, "Your humble servant, I venture to sacrifice a black ox and declare to my Supreme Sovereign in Heaven that I dare not pardon any sinner nor conceal any guilt of mine or of my ministers, which is of course clear in your mind. If I myself am guilty, do not lay blame on my people. If my people have done wrong, you may lay blame on me alone."

第四段:"周有大赉,善人是富。'虽有周亲,不如仁人。百姓有过,在予一人。'"周武王灭商后,大封群臣,也赏赐有德的人财富。把齐国封给姜尚时说:"我虽然有很多亲人,但是不如有德的仁人可贵,百姓如有过错,责任都在我身上。"可见周武王也继承了尧、舜、禹、汤的传统,所以孔子要传承周礼。这段话可以翻译如下:

> Zhou had ennobled its lords and enriched its good men.

King Wu of Zhou said, "I have bestowed favor on my kinsmen, but less than on good men. If my people are guilty, lay blame on me alone."

以下三段据说是孔子的话。第一段说:"谨权量,审法度,修废官,四方之政行焉。兴灭国,继绝世,举逸民,天下之民归心焉。"制定度量衡,检查法规制度,恢复取消了的机关,政令就行得通;恢复灭亡了的邦国,任用它的臣民,百姓就会心悦诚服。第二段说:"所重:民、食、丧、祭。"重要的是人民有饭吃,丧葬有丧礼,祭祀有祭礼。这些话不是过时,就是说过,所以不必翻译。最后一段说:"宽则得众,信则民任焉,敏则有功,公则说。"和第十七章第六节的"恭宽信敏惠"大同小异。但前面译成具体的统治者,译文用了虚拟语气;现在译为抽象品质,用了陈述方式,可以比较如下。

Lenience will win people (lenient, he would win support); faithfulness will win trust (confident, he would be trusted); diligence will win success (diligent, he would succeed); and justice will win happiness for the people.

(二)

第二节讲到从政的"五美"和"四恶"问题,也可分段解释翻译。第一段说:"子张问于孔子曰:'何如斯可以从政矣?'子曰:'尊五美,屏四恶,斯可以从政矣。'"子张问孔子应该如何做政治工作,孔子回答说:"尊重五种美德,不做四种坏事,那就可以做政治工作了。"关于"从政",理雅各译成 conduct government(管理政府),韦利译为 govern the land(治理一个地方);关于"尊五美",理译是

honor the five excellent things(尊重五种好极了的品质),韦译是 pay attention to the five Lovely Things(注重五种可爱的品质);关于"屏四恶",前者译成 banish away the four bad things(排除四种坏事),后者译为 put away the four Ugly Things(远离四种丑恶的行为)。用词可能略嫌具体而不概括,可以考虑下列译文:

> Zi Zhang asked Confucius,"How could a man become a good ruler?"The Master said,"A man good in five aspects and free from four evils may become a good ruler."

第二段:"子张曰:'何谓五美?'子曰:'君子惠而不费,劳而不怨,欲而不贪,泰而不骄,威而不猛。'"子张问孔子什么是五美?孔子回答说:"君子做好事而不铺张浪费,要百姓做事而不引起怨恨,要满足欲望而不贪得无厌,心中泰然自若而不显得骄傲,庄重严肃而不令人望而生畏。"这就是说,事要做得恰到好处,无过之无不及,既不是理雅各说的"好极了",也不是韦利说的"可爱的品质",我们看看韦利的译文(括弧中是理雅各的译文):

> Zi Zhang said, "What are they, that you call the Five Lovely Things?" The Master said, "A gentleman can be bounteous without extravagance (beneficent without great expenditure), can get work out of people without arousing resentment(lays tasks on the people without their repining), has longings but is never covetous (pursues what he desires without being covetous), is proud but never insolent (maintains a dignified ease without being proud),inspires awe but is never ferocious (is majestic without being fierce)."

比较以上韦译和理译,可以说前者胜过后者,但是两者都嫌啰嗦,不如原文精炼,可以考虑改译如下:

Zi Zhang asked, "May I know in which five aspects?" The Master said, "An intelligentleman should do good without extravagance, make people work without complaint, have desire without greed, uphold justice without pride and inspire respect without awe."

第三段:"子张曰:'何谓惠而不费?'子曰:'因民之所利而利之,斯不亦惠而不费乎?择可劳而劳之,又谁怨?欲仁而得仁。又焉贪?君子无众寡,无小大,无敢慢。斯不亦泰而不骄乎?君子正其衣冠,尊其瞻视,俨然人望而畏之,斯不亦威而不猛乎?'"子张继续问道:"怎么才算是做好事而不铺张浪费呢?"孔子回答道:"根据老百姓的利益,支持他们去做对他们有利的事情,这不是做好事而不铺张吗?选择他们应该做而且愿意做的事,谁又会抱怨呢?做人要尽本分,不要侵犯别人的利益,怎么会贪得无厌呢?一个君子无论对大事小事,人多人少,都不敢怠慢,那不就心中泰然自若,不会显得骄傲自满吗?君子穿衣戴帽都要符合礼制,做人做事,正大光明,眼光远大,正视问题,别人看了不敢轻举妄动,觉得不可侵犯,这不是庄重严肃,而不会令人望而生畏吗?"孔子说话总是理论联系实际,用实际的事例说明抽象的道理,这种人生哲学和西方的哲学理论不同,但在东方作用很大,影响深远。可以翻译如下:

Zi Zhang asked, "How could a man do good without extravagance?" The Master said, "If a ruler only does what will profit the people, is it not doing good without extravagance? If he orders people to do what they can, how could they complain? If he desires only to do good, how could he become greedy? If he treats all people equally, whether there are many or few, in great matter or small, is it not justice without pride? If he adjusts his clothes and hat and looks dignified, could he not inspire respect without awe?"

最后一段:"子张曰:'何谓四恶?'子曰:'不教而杀谓之虐;不戒视成谓之暴;慢令致期谓之贼;犹之与人也,出纳之吝,谓之有司。"子张问孔子:"令人厌恶的坏事有哪四件?"孔子答道:"没有进行过教育就判处死刑,这是虐待;没有先行通告就要成绩,这是突然袭击;命令不迅速执行而拖延时日,这是偷懒;做官也和做人一样,用钱不能小气,否则就是吝啬。"最后一句理解可能有问题。总的看来,是说做官不能暴虐吝懒,这就是四恶吧。参考理雅各和韦利的译文,可把四恶这段翻译如下:

Zi Zhang asked, "May I ask about the four evils?" The Master said, "To put people to death without reason is called tyranny. To expect success without instruction is called exaction. To demand timely completion without giving timely orders is called irresponsibility. To reward people in a stingy way is called miseriness."

总之,五美和四恶都是为百姓着想,是中国的民主精神,民主包括民有(of the people)、民治(by the people)、民享(for the people)。西方更重民治,中国更重民享,这就是东西方民主的异同。

第二十章

（三）

第一二节谈的是从政，第三节谈的是为人。"孔子曰：'不知命，无以为君子也；不知礼，无以立也；不知言，无以知人也。'"这就是说，作为一个古代的君子，一个现代的知识分子，第一要知命。在古代，命指命运，指人所不能控制的力量；到了今天，命指主观因素不能控制的客观形势。第二要知礼。在古代，礼指礼制，指封建主义的礼乐之道；到了今天，礼指现代社会的客观规律、科学规律，不知道社会科学的规律，在社会上就站不住脚。第三要知言。言指语言文字，包括语言文字所表达的思想内容和表现思想的行为。合起来说，今天的"知命"，指的主要是了解自然科学；今天的"知礼"，指的主要是了解社会科学；今天的"知言"，指的主要是了解人文学科、文学艺术，现在看看两种不同的译文：

1. The Master said, "He who does not understand the will of Heaven cannot be regarded as a gentleman. He who does not know the rites cannot take his stand. He who does not understand words cannot understand people."(Waley)

2. Confucius said, "One who does not understand the divine law cannot be called an intelligentleman; one who does not understand the social order cannot stand in society; one who does not understand what words imply cannot understand men."(XYX)

前者译的是古代的思想；后者却是古为今用了。古为今用不是没有根据的，例如"知命"，《论语》第二章就谈到"知天命""从心

所欲,不逾矩"。

> I can do what I will without going beyond what is right.

"不逾矩"就是消极的"知天命",只是知道客观规律,而"从心所欲"却是积极的"知天命",是创造性地发挥了主观能动性。

再如"知礼",消极的例子如"己所不欲,勿施于人"这句名言:

> Do not do to others what you would not have others do to you.

积极的例子如第四章的"见贤思齐焉,见不贤而内自省也。"

> When you see a man better than you, you should try to equal him. When you see a man doing wrong, you should ask yourself if you have done the same.

做到了这两点,人是贤人,社会是和谐的社会,世界是太平的世界。

至于"知言",那只是初级阶段,因为《论语》第六章中说"知之者不如好之者,好之者不如乐之者。"

> It is good to understand, better to enjoy and best to delight.

可见"知言"是第一步,感到喜欢是中阶段,感到快乐才是高阶段。如果人人知命、知礼、知言,就是了解自然科学、社会科学、文化艺术,并能享受科学文化的乐趣,那就是个幸福的世界了。